成长记

程 青 著

北京出版集团
北京十月文艺出版社

目录

成长记　001

第一章　｜　天天童年小事记　003
第二章　｜　青春期　033
第三章　｜　赴美留学　119
第四章　｜　艺术和日常　263

后　记　｜　写在后面　365

成长记

程 青

张弛同学小名天天，1988年春天我未经本人同意生下了他，之前除了定期去医院检查大致知道他健康正常之外对他一无所知，既不知他性别，也不知他相貌，更不知他的性格、性情、才华、能力以及用途。他有出生许可证，但没有相关的使用说明书，所以几十年如一日对他一直是摸黑养着。

张弛同学很小的时候我问他长大以后想做什么，他像一个最正常的小孩一样回答我不知道。我对他说，那你就当艺术家吧，比如当导演。当时这么说纯粹是信口开河。在谈及他的未来时，我也同样信口开河地对他说过"你要是学不出来，我们给你一百万在楼下开个24小时为人民服务小超市"这类的话。没想到的是，张弛同学竟然把我说的当艺术家的话听进去了，大学毕业之后一直从事影视工作，即使在行业不景气的今天也没有放弃。

我好像从来没有过望子成龙的心。生活是他自己的生活，我觉得不应该替他规划得太具体，太刻板。我对他要求很少，虽说是海淀家长，但从不鸡娃，他在学校里的考试成绩我基本放任自流，不论分数高低都是闭着眼睛在他的作业和试卷上签字。他想做的事情，不管靠谱不靠谱，我都极少阻拦，基本是无脑支持。我当然清楚有一天他或许要为他的按自然节奏生长的散漫和听凭内心召唤去做事的任性付出点代价，说不定会有困难的阶段需要面对，不过我也并不十分替他担心。比之众多的同龄孩子，他可以说受到的是与"应试教育"不一样的"素质教育"，这一点是足可以令我欣慰和放心的。有一点也是我对自己比较满意的，我想我大概是真正做到了一个家长其实很难做到的把孩子当作朋友。

他的成长，我的人生。

十数年间，我记录下他生长的点点滴滴，他的努力和挫折，他的欢笑和眼泪，无论他成功还是失败，也无论他是平常还是突出，他所有微小琐细的事情在他妈妈的眼里都是大事，他是我心里的春风和花朵。

第 一 章

天天童年小事记

1

天天两岁三个月,有一天我领他去楼下的小店买东西。进门时碰到一个肚子挺得老高的孕妇迎面走来。天天立刻有反应,肚子最大限度地前挺,两手托着后腰,双腿带点儿罗圈一步一步往前迈着,顿时小店门口的街坊们笑成一片,都说这孩子太逗了,连那孕妇也忍不住笑。

我赶紧制止他,觉得不礼貌。我在他耳边轻声说:"别学人家,我们两个也有过这种丢人的时候。"

到家,天天就问我:"你生我的时候也是这样的啊?"

"比她好些。"我说,"好不到哪里去。"

天天似乎很满意。过一会儿,问我:"怎么生小孩子?"

我说:"我来演给你看。"随手把他的小足球塞在他的衣服里，他的肚子立刻就鼓了起来。

他神情专注，扑闪着乌溜溜的大眼睛很快入戏。

我说："比如，现在你就要生小孩了。"我把他小心翼翼地抱到床上躺平，说，"刚开始肚子有点疼，后来很疼很疼……你很疼了吗？"

他点点头，非常严肃认真。

我说："好，小孩子马上就要生出来了！"顺手把小足球换成了布娃娃。

天天露出欣悦的笑容，释然得仿佛真的生过了孩子一般。他从床上坐起来，却没有接我递给他的布娃娃，而是在我的面颊上亲了一下，羞赧地叫一声"好妈妈"，搂住我的脖子久久不放。

2

该入托了，问天天愿意不愿意去托儿所，每次得到的回答都是摇头。强迫孩子做什么总是不好，想想还是应该先培养一点兴趣。他爸爸带他去参观楼下街道办的托儿所。托儿所里很热闹，小孩子很多，还有很多好玩的玩具，墙上贴满了花花绿绿的画片。天天参观了一圈，托儿所的保育员问他：

"这里好不好?"天天不假思索地肯定道:"好!"保育员又问:"你来不来?"天天同样不假思索地回答:"不来!"

他爸爸很不高兴,出了托儿所忍不住说他:"你说这个托儿所好,为什么又不肯去?"

天天诚恳地说:"爸爸,你没看见这个托儿所的奶奶每个人的脸上都有麻子?我真的不喜欢去。"

后来在马路对面找到了一家汽修厂办的托儿所,所长是一位好心的中年女人,她听我说话带南方口音,推想在北京没有老人照应,又见孩子乖巧听话,没提赞助费就答应收下了。

天天却不争气,一到托儿所就哭,第一天完全可以原谅,我看见三个妈妈当着孩子的面就抹起了眼泪,两个爸爸躲在小马路拐角处落泪。一个星期过后,那些爸爸、妈妈、孩子都不哭了,习以为常,而天天依然每天上托儿所都哭,一哭就是三个月。而且无论在时间和质量上都没有丝毫的减退,绝对不是敷衍了事。喜欢他的阿姨逗他说:"你这么哭,好像我们都是大老虎。"天天还是哭。终于连脾气最好的阿姨也让他哭烦了,傍晚我去接他的时候阿姨说:"回家好好和他说说,明天一定不能再哭了。"

一路抱他回家,边走边细细地和他谈心。

我问他:"每天你为什么哭啊?"

"想你!"

"我不是下班就来接你了吗,你想我什么?"

"我想你的漂亮,你的笑……妈妈,你的头发怎么这么香呀?你搽香肥皂了吗?"他温柔地抱住我。

真让我哭笑不得。

晚上,睡觉前我又想起这档子事,对他说:"你做妈妈问我去不去托儿所好吗?"

天天立刻来了兴致。

"明天你乖乖地去托儿所,好吗?"他模仿着我平常对他说话的口气。

"不去,我哭!"我说。

"别哭,好孩子上托儿所都不哭。"

"不行,我想你,我不去托儿所。"我说。

"不要想我,我早点来接你,给你买好东西吃。"

我不失时机地说:"好孩子,这会儿你挺明白的嘛,明天你就照你自己说的去做吧。"

天天顿时愣住。

第二天早起上托儿所,天天果真不再哭。

3

因为会唱电视连续剧《渴望》的主题歌,知道海湾战争什么的,天天成了托儿所里最得阿姨宠爱的孩子之一。因为不是正规的幼儿园,阿姨的偏心有时候很明显。别的孩子吃两块牛肉,天天可以吃半碗,别的孩子每人两个丸子,天天有十三个,诸如此类。我说过几次,让她们别这样,可她们不听我的。有时候阿姨还自己拿钱买东西给天天吃,他吃着吃着就生出了优越感,在托儿所里处处要拔尖。

一天我问他:"阿姨买东西给你吃,你给别的小朋友吃吗?"

他摇头。

我又问:"你吃东西,他们在干什么?"

他说:"看着。"

我问他:"别的小朋友吃东西你没有的时候你也在边上看着吗?"

他想一想,点点头。

我问他:"那你馋不馋?"

他说:"馋。"随后紧接着说,"坏妈妈!"

后来托儿所的阿姨告诉我,天天不肯一个人独吃东西,自己正玩着的玩具也肯给别的小朋友玩了。

4

托儿所里每天学唱歌,还学念古诗。一天去接天天,阿姨告状:"天天学得快,学完就捣乱。"

阿姨把天天叫过来,说:"把'锄禾日当午'念给你妈听听!"

起先他还有点不好意思,忸怩了一会儿,终于开了口。一堆小孩也跟着他一起念:"锄禾当当当,汗滴梆梆梆。谁知盘哐哐,粒粒光光光!"

我大笑,还没有听过古诗如此有新意呢。

我说:"这堆'梆梆梆''哐哐哐'还真好听,谁想出来的?"

天天非常不好意思的样子。再看阿姨,都笑出了眼泪。

5

看来读不读诗还真的不一样。学了几首名篇之后,天天立竿见影自己就作起诗来。一天早晨我送他去托儿所,天还没亮透,有淡淡的月亮,月亮边上有一颗亮晶晶的星星。天天随口说道:"月亮拿着橘子,跑到天空的怀里,让它剥皮。"——除了标点符号是我加的,原作就是如此。

当时我听了,心情可想而知是多么激动。其时,我抱着他,他的手里拿着一只橘子。我惊喜万分地对他说:"哎呀,你刚才说的是一首诗啊。"天天没作任何表示,绝对是一副宠辱不惊的样子。

送完天天回到家,我赶紧找出纸笔把他说的这个句子写了下来,生怕忘了。晚上他爸爸下班回家看见了,问起,我十分得意地说是儿子的大作。

同样是很惊诧的样子,看了好一会儿,没作评价。天天好像一点也不在乎他爹对他"作品"的看法,一个人坐在地毯上非常沉醉地玩着小飞机。到熄灯睡觉前一刻,他爸爸终于说了一句:"狗的诗还挺有现代味儿的嘛。"

只有我得意,天天早入梦乡。

6

看多了教育孩子的书,时时处处都想着要如何如何教导孩子。可实际上在许多方面我们都当不了孩子的老师,倒是孩子常给我们一些意外的启发。

从我家到托儿所要经过一个过街天桥，一天，快上天桥时看到一匹马拉着一辆车，车上放着一只巨大的黑水淋漓的泔水桶，马走得很快很卖力，我拉着天天一步一个台阶地往天桥上走。我觉得有了一个教导他的好材料，边走边对他说："我们两个就像马和车，现在你很小，我年轻，我是马，你是车，我拉着你走；以后你长大了，妈妈变老了，你就是马，我就是车。"

说完颇得意，觉得自己很高明，把"尊老爱幼"的传统思想如此形象生动地灌输给了小孩子，谁知天天沉默了一会儿问我：

"妈妈，那谁是那个桶呢？"

7

天天五岁了。五岁的天天狡黠可喜，你逗他，他也会逗你。这么大的孩子已经有自己的主意，比如衣服要这么穿不能那么穿，要吃这样东西不吃那样东西，如果你弄得不合他心意，他就免不了犯浑。

天天犯浑并不大闹，一般只是跟在大人后面哼，哼得人头晕也不停。有一次他又不知道因为什么而犯浑，反正左右都不是，谁劝都不听。那天我和他爸爸从北京回江苏爷爷奶奶家看他，因为有我们在，爷爷奶奶都不说他，他就哼得更起劲了。

恰好有一个朋友打来电话约我和他爸爸晚上吃饭，偏偏没提带上孩子，估计人家也没那个意思，天天极为不快。全家人都劝他，说大人有事，小孩子跟去不方便，又给出了"明天全家一起去餐馆"的承诺，天天还是情绪很差。一家人就都反过来责备请客的这位办事不周，众口一词说父母专程回来看孩子，哪有只请爹妈不请孩子的？越这样说，天天越是生气。

一家人这么乱着，我看着实在有点儿离谱。我把天天叫到一边，放下脸来对他说："你再闹我就要生气了。"

天天停止了哼哼，问我："你生气会怎样？"

他显然知道我不会打他，所以一点也不惧怕。

我吓唬他说："你把我惹急了我就变蛇。"

天天一下来了精神，脸上云开日出，对我说："我不气你了，你给我变个蛇看看好吗？"

我赶忙给自己找台阶下，我说："你不气我，我就没必要变蛇了。"

天天说："那我就再气你！"

我真怕他再来那么一场,赶紧抻长了身体,做出准备行动的样子。天天的脸上瞬间出现了惊惧的表情,就好像他真的相信眨眼之间我会变成一条蟒蛇一样。他突然转身跑了出去,过了一会儿又跑了回来,躲在门外边恳求我说:"别变了,别变了,我不闹还不行吗?"

我很得意,对天天说:"怎么样,我变蛇你还是害怕的吧?"

没想到天天却体恤地对我说:"我不是怕你变蛇,我是怕你变不回来。"

8

天天六岁。上小学一年级的天天有两大爱好:看动画片和打游戏机。上瘾,看不够也玩不够。问他别的同学是不是也这样,他说:"差不多吧。"没调查过,不知真假。可是一个上了学的孩子成天这么玩肯定是不行的,那么多的作业要做,还要复习考试。即使放了假还有寒假作业和暑假作业,不可能由着性子撒开来玩吧。

一天做完作业,打过游戏机,天天躺在床上感慨道:"要是有一所学校就是放放动画片打打游戏机多好啊!"

我顺嘴说:"我回北京一定发了疯似的给你找找这样的

学校。"

天天顿时来了劲儿,问我:"真有那样的学校你让我去上吗?"

我说:"那当然啦。"

天天欢欣鼓舞。

突然,他又想到一个问题,问我:"这样的学校住校吗?"

我说:"应该是吧。"

天天叹气说:"那周末回家又该受罪了。"

我说:"那不会的,你放心。周末你回家我还是给你看动画片让你打游戏机,你想看书写字我也不让,到了11点我也不让你睡觉,我肯定对你说'再玩,再玩,继续玩,不要停'。"

天天又问:"那吃饭怎么办啊?"

我说:"吃麦当劳肯德基呀。"

天天快乐地叫起来:"太好了,这才是我的理想生活!"

我赶紧让他迷途知返。我说:"你觉得好,别人肯定会说那是瞎胡闹。"

岂知天天却非常认真地问我:"妈妈,那我们什么时候到北京瞎胡闹呀?"

9

天天八岁。他在人际方面似乎很有些阅历。暑假他跟奶奶来北京,有一天我的一位闺蜜到家里玩,他跟她打了个照面就跟奶奶去了超市。回来后他奶奶对我说,出了门天天就评点起这位阿姨,他说这个阿姨很能干,买菜做饭都很好,小孩子也带得好,她把她老公的钱全收在自己手里。

我听了大乐。改天学给我的那位闺蜜听,闺蜜也大乐。

她说:"天天说得基本都准,不过钱我倒还真没有全收在手里。"她先生在一边说:"那我的钱都到哪里去了?"闺蜜笑道:"看来往后我真得在这方面多留点儿心了。"

10

春节回老家过年,我带着天天逛大街。天天在一个店里看到各种水果,一概淡淡的,只是指着猕猴桃说:"这是我最喜欢的。"

我说喜欢就买。

店主凑上来,说猕猴桃不论分量,十块钱一个。天天拉我走,说他不要了。我说想要就买,无所谓的。他坚持要走。走出很远,他说:"我们班最有钱人家的小孩才吃猕猴桃。"

我一听拉着他的手就往回走,心想十元一个的猕猴桃,贵是贵了点儿,何至于要"最有钱人家的小孩"才能吃?

天天肯定知道我带他往哪里去。一路上他又对我说:"其实我并不想吃猕猴桃,我只是觉得它们毛茸茸的好玩,我只想摸摸它们。"我听了更觉得对不住小孩子,到了店里就直奔猕猴桃。

天天只要了两个,一路捧回家。回到家里一脸沉醉地品尝起来。也不知道他是否真的喜欢猕猴桃的味道,他就像外国人接受了别人的礼物那样一次次地对我说:"这是我最喜欢的水果!"让我打心眼里觉得可做了一件让孩子高兴的事。

他爹看在眼里,最后终于憋不住了,朝我冷笑道:"他哄你还不是小菜一碟。"

11

天天偶尔也有指点他爹的时候。

他爸爸去大学招毕业生,打电话回家来。天天在电话里对爸爸说:"你应该招那些高高的,胖胖的,脸蛋红扑扑的。"

他爸爸还以为天天让他多招农村孩子，问天天这话什么意思。天天说："不是那样的谁上得了你们的夜班。"

他爸爸故意说："全招高高的胖胖的，你不喝牛奶不吃蔬菜，长得瘦瘦的，不就不能来我们单位了吗？"

不料天天却说："我是另一个路子的。我是高高的瘦瘦的，眼睛大大的。我这样的也可以招，就是只能招一点点。"

12

放暑假的时候天天从爷爷奶奶家来北京上学，他是1997年7月14日跟旅行团的人乘火车来的。没有家人陪同的出行让他有点兴奋，也有点得意。到了北京他对我说："其实我应该乘6月30日最后一个航班来北京，那样我就和香港一起回归了。"

13

天天九岁。他在浈水河小学上四年级，放学以后自己到新华社坐班车回家，不用接送。他和门卫混得很熟，可以长驱直入进到"闲人免进"的工作区闲逛。他还认了一个在食堂做厨师的干爹，不带饭卡也可以吃上饭。他干爹还特意做了一条松鼠鳜鱼送给他，他拿回家来，果真是好手艺。

常在新华社院子里走来走去，几个月下来天天认识了不少人。他知道某某是这个部门的，某某某是那个部门的，甚至还分得清这位是主任，那位是副主任。我领着他的时候看见认识的人就介绍给他，附带着还把此人的职务、职称包括主要工作业绩一并说给他听，天天极有兴趣，记忆力又好，听过都能记住。到下次见到这些人，全能一一对上号。我的一位女同事夸奖他："天天一看就是我们新华社的原装孩子！"

某天某部门的人事处长高升，需要物色一个人接替。因为是重要部门，而且是大部，这个人事处长一时还不太好找。一天午饭时大家在饭桌上聊起此事，一位同事说："四五百人的部门，认人还要认一阵子呢，哪是随便一个人就能来当这个人事处长的？"天天的爹听了，一本正经地说："要这么说我家狗最合适，至少他人头熟啊。"

14

天天常在爸爸办公室里泡，他爸爸的一个女同事和他聊天，他回来向我说起："她对我说了许多私房话。"女同事的

"私房话"是关于孩子的。天天问她为什么不带孩子到班上玩儿,女同事说:"我没有小孩。"

回到家,天天向我转述阿姨的话,他说阿姨很得意地对他说:"我不喜欢孩子,也怕教育不好孩子,结婚十二年也没要孩子。在家就和我那哥们儿吃喝玩乐。"

天天带着感慨评论道:"多可怜啊,一个女人没生过孩子。"过一会儿他又说,"你要是不生孩子多好,人家结婚十二年都没要孩子。"

我说:"我不生孩子不就没有你了吗?"

他点着头说:"那我就不用写作业了。"

15

天天喜欢汽车,一天晚上带他在中国新闻学院散步,经过停车场,他看见了一辆宝马车,一定要走过去细看。我没让。我说:"爱谁谁谁,我们走。"

天天问我:"什么叫'爱谁谁谁'?"

我说:"一个'爱'三个'谁',也爱不过来呀,就是随他去的意思。"

散了一圈步又经过停车场,天天又朝宝马车方向伸头。天天说:"一般的车就算了,宝马这样的好车,怎么能'爱谁谁谁'呢?"

16

天天知道吸烟有害健康,他反对爸爸吸烟。有一天他见爸爸又在抽烟,急了,冲上去夺他爸爸手里的烟。爸爸把烟举高,天天跳起来去够,可是他跳起来也够不着。情急之下天天说:"你要是抽死了谁给我挣钱?"

天天的爹一听,也做出情急的样子,说:"那我还不如抽死算了!"

17

天天和爸爸在厨房里杀黄鳝,玩了一会儿就过来趴在我肩上。我说:"快走,快走,你的爪子腥死了。"

他换了一只手,伸到我鼻子底下,说:"妈妈,你闻闻这只爪子不腥!"

18

天天回到北京后叫他写日记,他痛快地答应下来,却三天打鱼,两天晒网,一个月下来只有大作三篇。其中一篇是这样的,恭录如下:

"我刚来到新家,有许多外国东西,也有许多时髦东西,像凉茶壶、洋酒、烘干机、微波炉、小汽车(模型)、电脑、呼机、香水、水晶表、吹风机、酒具、彩色蜡烛……还有我的妈妈。"

19

早上跟我乘班车,天天很快就能收拾利索,站在一边用欣赏的眼光看我擦柔肤水,擦护肤霜,擦口红,最后还要擦鞋。天天感慨道:"女人出门要擦的东西真多!"

我说:"那男人还爱她们。"

天天问我:"妈妈,有几个男人爱你?"

我说:"至少有两个吧。"

天天说:"有一个是我吗?"

20

十岁的天天见过些世面,也攒了些处世的经验。他比较会看眼色,也懂得要随方就圆,要趋炎附势。家庭成员唯一镇得住他的就是他爹,别的人统统不行。如果他爹板起脸说他两句,他就吓得跟孙子一样。

我问天天:"你为什么怕爸爸?"他回答说:"他打我。"其实他爹从来也没打过他,顶多就是威胁威胁他。看来威胁有时候比真的动手还要厉害。天天找到的自我保护办法就是处处追随他爹,坚定不移地跟他爹站在同一战壕里。无论他爹对错,天天一概拥护赞赏,拍起他爹的马屁非常放得开,没有一点的拘谨和不好意思。别说这招还挺灵,把他爹哄得一愣一愣的,自我感觉十分良好。天天把自己打扮成他爹的"部下",等于争取了他爹,因为作为"上司"自然是要对"自己人"进行关照的。

但是天天却从来不让我享受如此的待遇,因为在他看来我不够威严,他不怕我,所以也用不着这么做。可是他用我的地方却很多,比如买这买那,比如去开家长会,等等,我就抓住这些时机对他进行要挟,也想获得被拥戴的特权,不过效果并不很好。

只有一次例外。天天找不到小朋友一起踢球，非要拉我一起玩，他把我缠烦了，我向他提要求。我说："你像拍你爹那样拍拍我马屁，如果我高兴了，就陪你踢球。"

天天马上进入角色，张嘴就来，阿谀之词就像万花筒般绚烂，真让我大开了眼界，不能不佩服年轻同志的聪明才智和厚颜无耻。

天天这样说："你真漂亮你真美丽你真可爱你真好（平常他可是从来不在口头上对我做正面评价的）。爸爸一直要为你买首饰，黄金的，铂金的，许许多多，你戴起来毛重就有两百多公斤（实际情况是我说过我想买一条新项链他爹表示反对，认为"没用"）。你种在花园里的晚饭花都长出来了，开了好多好多花没人能够破坏它们（实际情况是我从山东带了一瓶子晚饭花种子种在门前的花园里，出苗后就被花工清理掉了。这事我都忘记了，经他马屁一拍，那些花都在虚无中争相开放，令我心中又甜又酸）。你不知怎么就被提拔了，让你管事（他还对我在工作上做出了安排，只是我自己从来没这样的想法和意愿）。你学会了一门实用的外语，然后去美国、德国、意大利、澳大利亚旅行（"实用的"修饰外语很好，很新鲜，听上去很像是外国人拟的广告词。谁不想掌握一门"实用的外语"？何况还有让人做梦都想的走遍世界的旅行）。你挣了好多钱，买了这样的三幢大楼（前后都带花园，六层楼，三座楼有一百八十套房子，真不知道要多少钱才能买下来）……"

我赶紧让他打住，再说下去就更加离谱了。我答应了他的要求，并且亲切地对他说："宝啊，你的马屁功夫和虚构能力足以支持你走上仕途或者文学道路，今后我就全指望你啦。"

21

天天十一岁时就有了很强的办事能力，常常自己乘坐出租车上学。我不放心，每次跟下去记个车号，实际上也就是防君子不防小人。他还会和同学一起在教师节看望老师，还知道凑钱给老师买鲜花和礼物，可谓礼数周全。有一次天天班上的一个同学生病住在某大医院，天天和好几个同学一起去探视。医院不让一下子进这么多人，他们和门卫说了半天，门卫不肯通融。天天想起我采访过这个医院的一位副院长，便对门卫说要找副院长。门卫大概也不相信这屁大点的孩子还认识副院长，将信将疑地拨通了电话。天天在电话里先做了自我介绍，然后说了事情。副院长让门卫接了电话，他们便一路绿灯进入了住院部。

回家后天天和我说起，让我吃了一惊，也真让我佩服。一个身高一米四几的小豆豆居然也知道灵活变通，充分利用资源。

不久和单位里的一帮朋友吃饭时说起，某部门的一位副主任由衷地感慨道："我招人就喜欢招像天天这样的。"

22

十一岁的孩子反抗性也极强，经常是你让他往东他偏要往西，还故意找碴儿气你，你如果当真生气了，就等于中了他的圈套——这样的斗智斗勇几乎每天发生着，还不断版本升级。这一时期的天天一次又一次地气得我恨不能把他扔到大街上不要了。

一天早晨吃早饭，天天往牛奶里加了一点巧克力粉，故意不用勺子，把一根手指伸进去搅和搅和，然后装出一脸无辜的样子望着我，看得出他是满心得意。我气坏了，知道他又在故意挑衅。

看我没反应，他举起手指给我一句："妈妈我洗过的。"然后端起杯子一饮而尽。我真想骂他，可是骂他就中了他的计。我故作大惊道："哎呀，你怎么把刚才洗手的水给喝下去了？"

他差点笑呛了,但是马上又倒了一杯,再一次把手指伸进杯子里搅和起来,洋洋得意地望着我笑,明摆着看我笑话呢。

我气晕了,不给他来点狠的他还真不知道自己是谁了。可我也不能揍他,为这点子小事动手有失风度,毕竟人家只是"损己"没有"害人",不便小题大做。看他那副得胜的样子,我笑着对他说:"这回你的爪子是真的洗过的,刚才我看见了。"

他一听,笑得趴在桌上,连声说"服了"。

23

天天不怕我,可是怕他爹。他爹不用说话,他就知道该做什么,不做什么。期末考试的前一夜,他爹出差在外,天天不好好复习,还在打游戏机。我叫了他不听,再叫还是不听。我拿起电话,威胁他要给他爸爸打电话。这是治他最有效的一招,果真他害怕起来,放下游戏机,扑向我要夺我手中的电话。我们俩用力都猛了些,电话碰到我脸上,我的嘴唇被磕破了,大滴大滴的鲜血流了下来。一见到血我马上躺在地板上哭了起来。

天天顿时冷静了下来。他抱我起来,好言相劝我去医院。

我们俩一起去了楼下的医院，值班的是一位中年男大夫。他问我怎么弄成这样，我说在桌子上磕的，一边恨恨地看了天天一眼。

大夫马上说："桌上怎么磕的？是打的吧。"他看是小孩陪着我，肯定很自然地想到我是被老公打的，特地问我："你先生怎么没来？"

我说："他出差了。"他这才释然了似的，操着四川口音的普通话十分怜惜地说："我还以为你们两口子打架呢！"随后他满怀同情地安慰我说："忍着点儿，我拿最小的针给你缝，好了不会留下什么疤的。"

第二天我的嘴唇肿得像八戒一样，班也没法去上了。天天紧张极了，说："爸爸回来肯定要骂我了。"我说没事，就跟他说在桌上磕的。天天问："他要是不相信怎么办？"我说我有办法对付他，让他放心去上学。

他爹回来果然问起，也果然对我的"磕在桌上"的说法表示怀疑。他问来问去，把我问得烦了，干脆告诉了他真相，也对他说了我答应过天天不说的，让他知道也假装不知道。他装得还真像，没有责备天天一句，还拿我开玩笑，叫我"三瓣嘴""女兔唇"。

天天也跟着他爹起哄，他爹不在跟前时他满怀愧疚地对我说:"我要是能替你就好了!"我说小孩脸上万一落了疤多难看呀。他摸着我的脸说:"你还这么年轻,至少还能美几年呢,你看我让你破了相了。"

24

天天十二岁。秋季开学天天上初中。学校离家不远,是寄宿的。学校规定从星期一到星期五家长不许探望,怕干扰孩子学习,还专门为此开了会。我忍过了前面几天,到了第四天我实在忍不住了,跑到学校外面的小马路上去等着,希望能碰到他。因为事先没约好,我足足等了两个钟头也没看到他。闷闷地走回家里,心里颇有失落感。

就在这个时候,电话铃响了起来,是天天打来的。我真是喜出望外!他在嘈杂声很大的公用电话里第一句话就是:"妈妈你想我了吧?"一语命中我的心思。

放下电话我激动地飞奔到他的学校门口。

再见到孩子,那种感觉真像是失而复得。这时候即使他再烦你吧,你大概也会感激他的。其实孩子才离开家三四天,这三四天竟然那么漫长!我想到"儿行千里母担忧"的老话,人家古人说得就是有道理。

随后我每天都在放学的时候到学校外面的小马路上去等他,只为看一看他,跟他聊会儿天。我的举动竟让他的同样也是住校的同学羡慕不已。他们问天天:"你妈是做什么的?"我儿回答:"我妈是扫大街的。"同学又问:"那你爸呢?"我儿回答:"我爸是收废品的。"回来还特别得意地告诉我。我问他为什么要这么说,他说:"多酷啊!"

我听得心里竟然美死了。

25

亲子之情并不都是这般的日常与琐细,某些时候也会升华,灼灼其华。有一天天天在报纸上看到某地某医院换错了孩子的报道,他郑重其事地问我:"妈妈,假如我被抱错了你还会去换吗?"我说:"不会。"他又问:"你不要把自己亲生的孩子换回来吗?"我说:"假如那个孩子愿意我就把他也接回来。"他说:"只能要一个呢?"我说:"要你。"他追问我:"那一个可是你亲生的呀。"我说:"你见谁家猫狗是主人亲生的,不也一样挺亲的吗?"他终于放下心来,扑在我身上,一往情深地说:"假如我的亲爸爸是个亿万富翁我也不要他,我就跟着你,我只要你!"

26

十四岁的天天很有思想。假如不是经他提醒,我恐怕一辈子都不会意识到自己做的最不尊重他人意愿的一件事就是生了一个孩子。所以我和天天只要看见电视里说什么"感谢父母养育之恩"之类的话,总是忍不住要相视一笑,他的笑里有半真半假的怨恨,我的笑里有半假半真的愧疚。天天还说:"如果生我之前你问问我,我肯定不要出生。"哈姆雷特"to be or not to be"苦恼的是决断不了人生后面的问题,而我儿天才地将人生的烦恼喜乐一把推到了零状态。

如果做父母要领资格证书,没准我就是那领不着执照的。我对孩子就像歌里唱的总是心太软,什么事情本能地会站在孩子的立场去想,于是宽容多了严格少了。比如孩子刚上小学作业做不完,我会昏了头模仿他的笔迹替他做。事情过后其实孩子未必领情,而且他会由此不再惧怕我,因为我是他的一个同谋,家长的那点子权威性就在这样一次次的助人为乐中丧失殆尽。我的体会是,一个人做点好事并不难,难的是一辈子做好事。我自然没有办法跟着他一辈子,所以我只能承认我做错了。

天天不是学校认为的那种模范学生，一个班四十来个人如果按分数排队，我想站在前面大概要踮起脚尖眺望才能看得见他。但天天是一个自由自在的孩子，周末他不用去上这样那样的补习班；他学习过围棋、书法、黑管等等，全部中途放弃；他没有因为考不及格受过责骂；他可以在父母的钱包里取他需要的零花钱，拿到他认为够为止……我知道像天天这样的生活方式会让不少小朋友心生羡慕，不过我不知道对出生持否定态度的天天对此有多大的幸福感？有一天他躺在床上很苦恼，他说老师让写成长的烦恼，比如家长的不理解等等，他叹着气说："我最大的烦恼就是没有烦恼。"

27

天天常有意外的妙语。有一次我妈妈对我说要多睡觉，否则眼睛无神。天天接嘴道："哈哈，我外婆是个无神论者！"

某天天天对我说："一个孩子至少有三个名字，父母叫他小名是正常说话，叫他大名就是要骂他了，叫他小名之外的名字就是想跟他亲近，而你给我起的第三种名字特别多。"说到这里他超甜蜜地朝我一笑，真是直甜蜜到我的心里去。

第 二 章

青春期

天天长大了,从这章起称他的"官称"——张弛同学。

张弛同学在浔水河小学毕业之后到京源学校读初中,这是一座创办不久的新学校,我们征得他同意让他住校,他开始了一星期中大部分时间的独立生活。三年初中之后,他考入首师大附中,这在教育资源丰沛的海淀区仍是排名在前的名校。至此,我们家对张弛同学实行的仍然是全面的宽松政策,在我看来他生活得自由自在。

张弛同学足够放松,也足够真实,他把所有适合他的家庭政策都运用得尽善尽美,不利于他的一概弃如敝屣。在我看来他最大的特点是自由且散漫,对学校里学的东西不太上心,只爱做有兴趣的事情,简单地归纳就是:另类,酷。在家里很少能看见他从书包里拿出教科书看上一眼,也看不到他埋头做教辅书上的习题。我形容他是能休闲会儿绝不用功会儿,能上网逛会儿就不会多做会儿题，能看会儿小说就不会读会儿课文，反正是避重就轻，哪头舒服就哪头。我不知道他在学校里是怎么混下来的，自从上了高中之后他的成绩全线下滑，已经降至班级的末尾。高中按理说应该是学生到了自觉的阶段，不用老师、家长整天盯着，可是对张弛同学来说是你不盯着他就彻底做了他自己。这一阶段也是进入青春期的叛逆阶段，说他太多不好，通常也就是点到为止，就这"点到为止"他也嫌烦，说到两句以上就急了。为了家庭的安定与和睦，我尽量忍着不去说他。高考都快进入倒计时了，他的情况也未见好转，还是松弛散漫，一说他就烦。只是难为他心态不错，每天也是起早贪黑地去上学，不迟到不早退，出出入入很勤勉。我真理解不了同样是做一件事，同样是花费了时间和精力，为什么就不能做得更好一点呢？

我去他学校开家长会，老师列出全班同学学习成绩的排名用幻灯打在屏幕上，张弛同学通常在倒数第七位，有时有进步，是倒数第九位。作为一个脸上无光的家长，开完家长会不说一肚子气，也是十分郁闷。我忍来忍去，还是忍不住对他说："你们全班如果按成绩排队，我要踮起脚抻长了脖子使劲够才可能看见你，如果是你们全年级按成绩排队，那我就是踮起脚抻长了脖子使劲够估计也看不见你。"

他听我说得这么不顾情面，只是呵呵一笑，然后该怎样还怎样。

张弛同学认为，书只要一教科，便算不得书了。人类为什么能进步，就是因为伟大的思想家们没有在别人告诉他要看什么书的时候放弃看自己喜欢的书。凡事一定要有兴趣才可以做好。

我说那你就证明给我看吧。

他似乎真的做到了。——此是后话，容我慢叙。

1

十四五岁的张弛同学从网上下载了一组图片发到我的手机里，六幅小图连续性地记录了两只黄色的柿子椒从新鲜欲滴到干瘪发皱的过程。

他问我："知道标题是什么吗？"我正在想，还没来得及说话，他说："从新婚到金婚。"

他脸上挂着得意洋洋的笑容。

他调侃地问我："你们是哪一幅呀？"

有这么问自己亲妈的吗？但我还是好脾气地挑了其中看起来还不错的一幅。

他指着另一幅说："看清楚了，这才是你们！"

他指的那幅柿子椒已经变色变形,腐烂的迹象明显——如此揶揄自己爹妈的婚姻,大胆而新颖,真让我开了眼了。

2

某天张弛同学听我说狗咬狗一嘴毛,马上纠正我说:"应该说狗咬狗两嘴毛。"他一针见血地指出,"你那是站在狗的立场上说的。"

3

张弛同学听我说起一个要好的女友离婚后想找个对象结婚,凑上来说:"我替她在我们同学家长中找找好不好?"

我疑惑地问他:"有可能吗?"

他以一种满有把握的口气说:"现在你让我找感情稳定夫妻关系好的还真不容易,让我找个单身爸爸不是太容易了吗?"

4

因为生活得放松和真实,张弛同学性情率真自然,处事通达，要好的朋友不少。平心而论，但凡他感兴趣的事情他做得还是不错的。他知识面广得让我晕菜，而且颇通人情世故。他的作文写得极有特色，常被老师当作范文。高一他参加"春蕾杯"作文竞赛，还得了一个优秀奖。我都不知道他去参加作文竞赛，他拿回奖状我才知道。

他写得很快也很轻松，在电脑上敲敲打打，每小时千字以上的速度，给我的感觉是一路畅通。他笔下的文字随意别致，没什么套路，却掩不住天赋和生机。他不许我看，我趁他不在家时偷偷地看。我看到一篇他写他的四位男老师的小文章，一读之下乐不可支。他形容其中的一位戴着一顶小帽子，咬着一个小苹果，穿一身假名牌，女同学悄悄告诉他这个老师是大色狼。他写道："我怎么就看不出来呢？"还有一篇，他写一个老头儿，大概是一个校工，整天在学校里管闲事，常在男生宿舍前扯着嗓门喊叫，呵斥淘气的小男生。老头儿被他写得愚蠢而可恨，结果老师给他的评语就一句话："你写的是谁呀？我没见过这个人。"

我看了大乐，学生忙乎半天结果老师还不认。如果真没有这个人，那我们孩子就是虚构啦，那不成小说家了吗？

5

某天我在家收拾东西,在电脑桌底下发现一卷落满尘土的稿纸,笔迹幼稚外加错别字若干,一看就是张弛同学的笔迹。他写了一个一辈子没出名的老艺术家退休之后闲极无聊养鸽子的事,推算起来还是他初中时期的作品。我边读边笑,从头笑到尾,但到最后却一阵心酸——因为这是一个悲剧,一个艺术家到了晚年,面临的仍然是失败。

我把这卷纸拿给张弛同学的爸爸看,他爸看了,口气肯定地说:"不可能是他写的,他没有这个生活阅历。"

张弛同学放学回来我问他是不是他写的,他点头。我把他爸的话转述给他,他冷笑一声道:"哪个作家写的是阅历之内的事?"

6

张弛同学写了一篇小文章,叫《制造紧张》,描述他们初中同学害怕体检抽血的事,我看写得生动又好玩,推荐给一位编辑朋友雪媛,她把这篇小文章发在2002年第3期的《青年文学》上。虽然只是一个作文级的小作品，十三岁的年纪能在这样一本国家级文学刊物上发表作品足以令张弛同学骄傲。《青年文学》也是我当年发表小说处女作的地方，那是1985年，三年之后张弛同学才出生。十七年之后张弛的名字也出现在这本文学刊物上，真令我感慨。

我从来没有想过要把写作当作家传祖业——这难度太大，实在是有点传不了啊。我倒是觉得写着玩玩不错，靠这个吃饭除非是天才，要不太累。

我蛮喜欢张弛同学写文章自然随意没有套路，也可以说因为学习不认真，他连学校里写作文那种俗套都没有学会。更没想到的是多年之后，他竟能靠写剧本吃饭——我不只是感慨简直是惊愕。我说他："我从来没有看到过一个人不怎么会写文章却能写出精彩的内容，你是唯一的例外。"

这是张弛同学的处女作：

制造紧张

大衣还没有完全穿好，我走出宿舍的大门，闻到了北京冬天的气息，可怕的气味。

向教学楼方向走去，看见一辆依维柯，作为窗口校学生的我不以为意，但冷不丁地几个大字跳入我的大眼睛——"石景山防疫站"。难不成要体检？回过头来掐指一算，嗯，距上回体检好像已经有一年了。

去生物实验室的路上，我看见一群小学生吵闹着奔向保健室，这证实了我的所见所闻所想了，哈哈，我要回班制造紧张空气。

终于下课了，先对同桌号称"催命婆婆"的崔啁儿说："今天看见那辆……车了吗？"

"什么车呀？"崔啁儿冲着我说。

"石景山防疫的车。"我一字一顿地说，"是来抽血的，哎哟，太恐怖了，那血顺着针管滴答，滴答，哎哟！"

"别说了，别说了，受不了了！"崔啁儿颤颤地说。

怪不得说世界上最快的通信方式是tell a woman呢，因为女人是两个耳朵进，一张嘴巴出。没到中午，全班都知道了抽血的车已经开进学校了。中午，大家的餐盒还没打开，韩大夫来了，跟班主任说话。坐在第一排的同学居然告诉我们，他们谈论的是抽血的事。我想，不会吧，这么有想象力，受不了了，我倒！

不过这个坐前排的小个儿倒是帮助了我，我们算是一块儿制造紧张，可我出于吓唬别人，他却在吓唬自己。这位仁兄，sorry了。我们班学习NO.1的黑色非洲人吓得脖子缩在衣领里,那巧克力色的面颊一会儿绯红,一会儿煞白,两只手插在上衣兜里,身体一直在颤抖,两只近视眼直勾勾地盯住了餐盒,那样子实在是标致极了。

快放学时,韩大夫进来说:"明天,我们,哦!我走错班了。"

要在平时,大家会哄堂大笑。但是今天,竟无人发笑,都静静地坐在那里。班长大人似乎讲事的时候声音一直在颤抖,难道我制造紧张的能力已经到了"神仙画画"的地步了吗?放学后,我揪住一个老实人,问他听谁说要抽血,他说我听A说要抽血。我马上去问A,A说我是听B说的,去问B,又说是听C说的……最后,竟然都是崔嘣儿说的,崔嘣儿不愧为"催命婆婆"呀!

显然是学习任务太重了,昨天还在说抽血的事情,今天居然无人提起,怎么办?上地理课时,韩大夫来了,叫我们去走廊里排成两队,教室里的人都说:"是不是去抽血啊?……"在走廊里,韩大夫才说明原因,去体检!同学们大松一口气,并扬言要"教育"一下那个说要抽血的人,崔嘣儿被拉到犄角里教育了一回。

"对不起呀,谁让你大声喧哗呢。"我在一旁自言自语。

我们风风火火地直奔二楼电教室，去查视力。在排队过程中跟一位女生闹着玩儿，跟她互换了体检表，我当然无所谓了，可那位女生去年的体重和胸围被我看在眼里，记在心上。后来那位女生的名言是："安全来自警惕，事故出于麻痹。"

测完身高以后，本班最高也是最幽默的张炸对那些小个儿说："多高了？"

"一米五二！"

"一米五三！"

小个儿们齐嚷。

张炸摸摸他们的脑袋，说："该买票了，该买票了！"

最后在全班一比，我的身高增长是全班第一，体重增长是倒数第一，被人羡慕了一把，好爽！

体检结束，夕阳西下，同学们回家。

7

张弛同学经常讽刺我，他说起讽刺我的话来一套一套的。他说："你们作家不错啊，通知活动不说具体时间，只说晚饭前后，问距离不说多远，只说打车二十块钱就够了，稿子不说字数，说行数和版面，只要是个女的写点东西就敢叫美女作家……"

张弛同学平时就这么说话，铺排比兴，绵里藏针，和我一向没大没小，这也是我十几年如一日惯的，我不好说自己没有责任，我也知道这样不好，教子无方，可是这么多年下来弄习惯了，习惯的力量是很强大的，冰冻三尺非一日之寒，罗马不是一天造起来的，所以再要跟他板起面孔来也不太容易，况且我说一句他能顶十句，还好，不是一句顶一万句。所以我说也是白说，白说就算了，还不如不白说，留点儿人情。

8

博客刚兴不久张弛同学在新浪上开了一个。这孩子真是孝顺，博客刚开张不久就拿他亲妈练笔，写了一篇名为《伪坐家程青》的小作文。虽然这篇文章中有多处不实记载，但我大人大量，不跟他小孩儿计较。他故意把自己写得很可怜，比如在用钱上，真实的情况是我总是让他自己在我的钱包里拿钱，拿到他认为够了为止。为此他说我："你这人太讨厌了，你这样让我也不好意思多拿啊。"他为什么要在文章中那样写，我也弄不大清楚，大概是他那个年龄的青少年觉得那样很酷吧。

以下是他的小文章。

伪坐家程青

程青，有不少人认识她，也是因为她写小说。至今，她也算个小有成就的女作家了。

有人要问了，她为什么是个伪作家呢？她不是号称写的是纯文学吗？

那估计是你没看清，因为我要说的是伪坐家程青。

作家作家，就是要坐在家里写作才是作家。可是程青同志喜欢无事忙，本来是个作家，但是老不遵守作家的职业规矩，老不坐家。

有一次，说有个美国的女友回来了，约她去玩玩啊，喝喝茶啊，这也无可厚非，因为目前我想管程青也管不着她，就让她去了。她一去呢，我就没人陪吃饭了，所以想吃点好的。这本都是她引起的，管她要点饭钱，她还写博客披露，我真是很无奈。

等她喝茶吃饭回来，我问她："你那美国朋友她走啦？"

"明天就走了。"程青答道。

我心说，太好了，这下她可以"坐家"了。

一个礼拜过去了，程青和我说，要去香山开个文学的会，还一去吧就是两天。怎么办呢？这是人家工作啊，没办法，只好让她去了，她又没坐家。

等她回来，我问她："今年还有会吗？"

程青说："没有啦。"表情十分轻松。

过了一会儿，她接了一个电话，电话那头我不知道是谁，只听程青一个劲地说好好好，是是是，没问题。

等程青放下了电话，我问她："什么事情啊？"

她用很轻松的语气说："Fuyu（那个美国朋友）又回来啦，约见面呢。"

这下不用说，又不能坐家了。

程青同志的性格特别特别好，很适合与人相处。只要我稍微说她点什么，她就能被点燃，然后把你炸死。这种大姐性格可能是长期写作带来的，因为小说里的人物命运可是全部掌握在程青手中，她只要一高兴，就能让那人物"死得很惨"，所以大姐性格就这么练出来了。而且我对她处处忍让，这大姐性格想改，可能比中国宇航员去趟月亮要难多了。据说明年要登月啊，天文学家可得观测计算好了，千万别让宇航员上去了以后来个月食，要是赶上月全食了，那宇航员往哪待啊？

扯远了，还说程青。程青当了几年不上班的签约作家,现在好像要上班了。原来跟着程青混的人,都成了处长了,跟程青一起混的人,都当了局长了,程青这一回去,不好安排啊,你说直接当总编,她级别不够,人家没这个意思,而且也太累,她老人家也不乐意当。你说随便放在一个处当编辑,那她老人家辈分太高,人家全是孙子辈儿的,怎么管理她呢?

哎呀,真苦恼啊,我比现在那总编辑还苦恼……

程青最怕人家和她算账,我最喜欢和她算账。

我上了高中以后,她突然改了财政政策,以每月500元为基础,不上浮也不下浮。她觉得她是个十分开化的人,而且从来不克扣小孩的钱财,以每月给我500为荣。而且令人欣慰的是,这500块的基本工资在去年11月份之前,没有拖欠过。

当她还不是有车族的时候,我每天打车上学,打车到学校一般是14块钱。中午饭因为学校的食堂伙食很差,我在学校门口的小饭馆吃,每天是10块钱。回家的时候,我喜欢坐公车,因为到家只要1块钱,想着可以省下点零花。

可是我发现,我很省地花每一分钱,但是我每月还是入不敷出。后来我算了一笔账,一个月按20个上学日计算,打车是14X20=280元,吃饭是10X20=200元,坐公车回家是1X20=20元。总共是280+200+20=500元，然后我彻底醒悟了。

夏天的时候，我看着同学吃5毛钱一根的冰棒，我都会馋得流口水。

夏天的时候，我们打完篮球，同学去买3元一瓶的饮料，我都不敢看。

夏天的时候，我看别人回家的时候坐带空调的公共汽车，我都不敢上。

开明的程青回家还老和我说："每月500块钱，你在班里算最有钱的了吧？"

现在的程青，已经拖欠我五位数的钞票了，她也不提了，也不着急还，这心态真不错。可是只要我能开到一个我是农民工的证明，我就能告得她把她的钱全部赔给我。

好了，今天手指受伤了，就少写点吧，谨以此文献给愿意小孩花钱，从不克扣小孩钱的伪坐家程青。

9

张弛同学写我给他的零花钱每月五百块钱，其实我给他零花钱是上不封顶下不保底的，换句话说就是随便给，既没有什么规定，也没有什么章法，可他还经常对我进行敲诈勒索。他巧立名目，而且我还不能拒绝。比如我出门办事、开会，包括和朋友吃饭喝茶他都要向我收取"保护费"，如果离开北京这个费用至少每日以千元计，如果出国是以美元计。所以有朋友问我怎么好久不见你外出了，其实就是张弛同学这儿阻力太大，他用高昂的"保护费"和不停的絮叨阻拦我外出。

张弛同学的收费名目越来越多，比如请他维修电脑，向他咨询汽车方面的问题，等等，还包括我出书、获奖等等，他都要收费。刚开始我很实诚地每次以现金支付给他，后来通过学习掌握了先进的金融理念，和他改用记账式结算。也就是说把他提出的收费数目记下，算是我的欠债。这笔钱越滚越多，好像好久以前就过万了。至于哪天还，呵呵，那就能赖一天算一天吧。

春节前的一天，张弛同学蹭上来搂住我说："现在都不给农民工打白条了，你是不是该把欠我的钱还给我？"

我："嘿嘿，太多了，我钱包里的钱不够还。"

张弛同学："那你就不还啦？"

我："会还的。"

张弛同学："那什么时候还？"

我："别整天跟我说钱钱钱的，我们这么好的关系，说钱伤感情。"

张弛同学（提高了音量）："你要给我讲信用，不要给我讲感情！"

我（烦了）："你走开好不好，我不喜欢被债主搂着。"

张弛同学："你把钱还了，债主就不搂着你了。"

10

春节期间我们家钟点工回家过年，张弛同学对我说："我替你把碗洗了，你给我二十五块钱好吗？"

当然好啦，正愁没人洗碗呢。我不知道他哪来的这个兴致，也不知道他怎么定的收费标准，还以为少听了后面的零呢。但是一想不对，按时价钟点工做三个小时才是这个收费，除了洗碗还擦地。

我说："你要得是不是有点高了？"

张弛同学说："我是读过书的。"

天，读过几本中学教材和《哈利·波特》也算是读过书了！不过我不跟他争，如果换算成美元，他无疑是要低了。

他一本正经地穿上围裙，认认真真地洗碗。我跟他强调要洗干净，还要洗锅，还要把桌子擦干净。他叹气，嫌烦，但每件事都还是做了。说真的，做得不错。不但把碗和锅都洗了，还把碗筷叉勺等等分门别类放到了该放的地方，桌子也擦得十分干净。

我痛痛快快给了他二十五块钱——不好意思，这回没有记账，付的是现金。他要求我把钱放在他围裙胸前的小口袋里，然后学着我家钟点工的模样，操着安徽口音对我说："姐，我走啦！"

还真是有模有样。

11

张弛同学看我成天埋头写作，他写了一篇《我不进文坛，我不当作家》的小文章，此文还有个名字叫作：《不当作家的 N 条理由》。当时他还是个初中生，有一天见他在电脑上奋笔疾书，我凑上前去，他遮着不让我看，被我要挟了一番才把合上的电脑打开了。

于是，我看到了他不当作家的一大堆理由。

不当作家的 N 条理由

家有作家，她是我妈。喜欢写作，害怕做饭。洗衣洗被，事事嫌烦。写书几本，甚惧上班。签约北京，天天在家。一天几千，累得没边。遇上装修，欲哭无泪。双手打字，噼里啪啦。速度之快，叹为观止。熟能生巧，最佳例子。

黎明起床，工作到夜。偶尔休闲，杂事好多。如此作家，真的很累。让我选择，坚决不干。

1. 每天面对电脑，辐射大。
2. 一个人工作，容易得自闭症。
3. 没有双休日和放假的感觉。
4. 周一至周五人家可以打电钻吵你，你还没有脾气。
5. 每天在家不管私人电话还是工作电话，都得自己掏钱（当时手机双向收费）。
6. 夜里和节假日加班没有双倍的加班费。
7. 没有机会享受带薪休假。
8. 出去签名售书没有公车接送。
9. 不能假借外出的机会办私事。
10. 不能随时和同事搬弄是非。
11. 不能趁老板不在打游戏。
12. 不能利用开会的时间织毛线。
13. 没有机会炒老板的鱿鱼。

14. 买了新衣服没有地方炫耀。

15. 做完美容后细细的皮肤没有人欣赏。

16. 一次又一次减肥成功，无人喝彩。

17. 打字速度比录入小姐还快，却没有机会展示。

18. 煮饭过后都会计算这些时间可以写多少字。

19. 给自己做饭切着了手还不能算工伤。

20. 看小说没有休闲的快乐，因为是在工作。

21. 算算术特别拿手，但是派不上用场。

22. 写作遇到打扰便会血压升高。

23. 家里的书堆积成山，把活动空间都挤占了。

24. 邮箱总是满的，每天的报纸没看过就得扔掉。

25. 家乐福大减价买了不少便宜袜子，因为足不出户只能放柜子里没机会穿。

26. 忍痛花大价钱去欧洲一游，人说："你又去深入生活啦？"

27. 每次上网看新闻都害怕黑客把电脑里没来得及发表的小说盗走。

28. 纯手工劳动，不能机械化批量生产。

29. 著作等身，邻居却不知道这个人是谁。

30. 费好大劲儿写了本书，还不能给自己小孩看，因为少儿不宜。

31. 练了一个好签名，最多的时候还是往自己小孩不及格的试卷上签。

32. 书还没出版，稿费已经庆祝光了。

张弛同学写作此文的时候自己不时笑出声来，我凑上去一看，也是忍俊不禁。文章里一些夸张不实之处尤其让我觉得有趣，比如家乐福打折买了不少便宜袜子只能放在柜子里那一条，压根儿就没有这档子事，亏他想得出，也还真有几分来自生活高于生活的意思，一个会过日子的主妇形象跃然纸上，只是他忘了即使足不出户待在家里通常也是要穿袜子的。不过他写的大部分还是比较准确的，真是难为了他。我把他写的这一段发给一位著名的老作家看，他看了之后写 E-mail 给我，标题是——"后生可畏"。

12

有一阵青少年中间流行冷笑话，我不清楚冷笑话是谁发明的，也不知道冷笑话的原产地是什么地方，我最早接触到冷笑话是通过张弛同学。家里有个像张弛同学这样的孩子真是想不赶时髦都不容易。

有一天张弛同学对我说:"给你说个笑话,有个孩子别人说他脸大,他回家问他妈:妈,我脸大吗?他妈说,你脸不大,挺好的。这个孩子出门去玩,一阵风刮过来,他就飘了起来。"他问我,"好玩吗?"

说实话刚听我觉得不太好玩,想想稍微有一点意思,再琢磨一下,觉得还挺有趣。

张弛同学中学时代有两个原创的冷笑话我一直记得,一个是这样的:一个孤儿被一对不孕的夫妇收养,养父养母对他一点也不好,可是养父养母的遗传病他每样都有。另一个是:屠夫对他的老婆说:"老婆,咱也弄头猪来养养吧!"

真是够冷。

13

我无聊的时候喜欢坐到电视机前,看什么无所谓,张弛同学喜欢和我一起看电视,我们俩兴趣不一样,喜欢的节目也不一样,其实根本就看不到一块去。某天我正在看一个养奶牛的专题片,大意是农民都愿意养母牛不愿意养公牛,当然是因为母牛能产奶还能生育。张弛同学蹭过来,看一眼电视感慨地说:"别的牛穿的都是便装,就奶牛穿一身职业装。"

14

冬天静电很大,学校的校服都是化纤的,张弛同学身上带了许多的静电。我让他时常去摸金属的东西,他嫌我烦。我想了个主意,让他戴一条项链。

学校好像规定学生不能佩戴饰物,张弛同学是个很有品位又十分挑剔而且还爱美的人,他听了我这个建议,犹豫了片刻,同意戴一条细细的风格简洁硬朗的白金项链。

戴上之后他有一点忐忑,问我:"要是老师说怎么办?"

我说那就告诉老师这是防静电的。

他还是不安,我说:"那就让老师给我打电话好了。"

他问我:"那你怎么说呢?"

我说:"我告诉老师这是防虱圈。"

他很高兴,说:"我知道了,我就对老师说是防湿症的。"

我大笑,解释说:"不是防湿症,是防虱子。"

他说:"啊?你当我是狗啊?那你还告诉我是防静电的。"

15

南南是张弛同学的同班同学,寒假里他又染又烫做了一个非常漂亮的发型。张弛同学很羡慕,回家对我说:"南南做了个新发型。"

我问他:"漂亮吗?"

他说:"很漂亮。"还说,"大概花了很多钱。"

过了没几天,张弛同学告诉我说,老师对南南的新发型看不过去了,老师对南南说:"你的头发实在太漂亮了,你在学校里都出了名了,所以你不能留了,必须剪掉。"

张弛同学说他在一边马上以戏剧腔旁白:"我长得太帅了,在学校里都出了名了,所以不能来上学了,只能开除。"

我问他老师怎么说,他说老师就轻描淡写地说:"学校没有这条规定,所以不能开除你。"

张弛同学告诉我说,这位老师是他所在的文科班的班主任杨素萍老师,她教英语,为人很真很朴实,内心很柔软,对学生非常好,其实并不很严厉,也从不惩罚学生。她的课他没怎么上过,因为文科两个班分AB层,杨老师教A层,他一直在B层。高三的某一天,他因为耳道狭窄要去医院把耵聍冲出来。当时耳朵已经用碳酸氢钠泡了一个礼拜，不处理不行了。因为学生上课时间穿着校服是出不了学校大门的，他在上操之前去找杨老师开一个出门条，他们便有了以下对话：

"杨老师，我耳朵堵了，需要去海军总医院冲耳朵，能不能给我开一张出门条？"

"那你什么时候能回来？"

"我走过去弄完走回来，要两个小时左右吧，现在去上午最后一节课应该能回来。"

"你不是就要缺课了吗？现在是高三，同学们都在努力学习，这个时候你不上课，肯定不好。"

"老师我知道。"

"所以你能不能中午的时候再去，那样语文课你就可以上了。"

"可是中午医生都休息了，上午去人比较少，要不下午的课可能都上不了了。"

"那你不能缺课啊，而且一缺就差不多要两节课。"

"所以我现在就快点去啊。"

"行吧，你要抓紧时间啊，时间很宝贵啊，你都高三了。"

"老师我知道啊。"

"那好吧，你快点，争取能赶回来上课。"

"没问题老师，我肯定很快的。"

"好吧，这个是出门条，快去快回啊。"

"老师我知道了，我走了啊。"

"噢，那你慢点啊！"

我听了说，最后这句话最暖心了，杨老师真是个好老师啊。

16

张弛同学陪我逛商店，总是一叫他站起来就走，而且陪得非常有耐心，和那些不肯跟父母出门的青春期小男生一点儿也不一样。我的习惯是扫街式逛店，对某一个店就像看一本时尚书一样，虽然可能只是粗粗瞄一眼，但从第一页翻到最后一页，一页不落。张弛同学跟着我一路逛着，从来不会不耐烦地催我。

有一天在翠微大厦，我带着张弛同学看完了衣服去看首饰，在珠宝柜台他问销售小姐一克拉钻石有多大。销售小姐同样也是很有耐心，她拿出一把十分精致的钥匙，打开柜台上的小锁，拿出样品让他看一克拉钻石长什么样子。张弛同学看了之后很感叹："这么小的钻石要二十万！"我说如果是大牌店卖出来恐怕还不是这个价。

第二天早晨送张弛同学去上学,路上我们说起生活中有些看上去很好很了不得的东西其实并不真的那么有价值,也并不真的那么重要。张弛同学马上就把话题扯到了钻石上,他说:"花二十万买那么大一颗钻石有意思吗?要我情愿要辆车。"

我说那只说明我们没有足够有钱,还停留在"实用"的层面上,真有钱的人家不会这么想。张弛同学表示同意,但还是说:"我觉得还是实用的东西好。"

我顺口说是啊,有的时候对有的人来说要一颗熠熠闪光的钻石还不如要一身舒适的内衣呢。

张弛同学立刻大表赞同道:"是啊,你说你是戴一颗钻石上街,还是穿一身内衣上街呢?"

我说:"那还是让我戴一颗钻石上街吧。"

17

张弛同学学了一个新词叫"博德",他解释这个词:如果一个人每天更新自己的博客,这个人就有"博德"。然后他带点感慨地说:"这个人没有道德,但有博德。"

18

在张弛同学读高中的这个阶段,我学会开车之后都是我接送他。从星期一到星期五我一般是早晨六点一刻起床,六点半送他去学校。冬天的时候六点半天还没亮,有一天早上他叹着气说:"人困马乏的!"他问我,"你困吗?"

我说还好。

他说:"哦,那就是人困马不乏。"

19

张弛同学在QQ上和一个不认识的学妹聊天,据说是学妹主动联系的他。他让学妹发一张照片给他看看,学妹发了,他一看,马上回复:"我去吃饭了。"就匆匆下了线。

他把这事告诉我,我说照片和真人不是一码事,说不定真人美若天仙呢。他立马提高了声音说:"我只见过照片,没见过真人。"

第二天我送他去上学,他下车的时候朝我说:"我去吃饭了啊!"

我笑答:"您慢慢吃。"

20

送张弛同学上学的路上他指给我看一个骑着自行车的女同学,对我说:"她就是路路。"

我随口说:"路路挺漂亮的。"

到了学校张弛同学见到路路对她说:"我妈说其实路路挺漂亮的。"

路路大喜。

张弛同学说:"我妈说了'其实'。"

路路的欢喜挥发掉了百分之三十。

张弛同学说:"我妈看的是你的背影。"

路路的欢喜又挥发掉了百分之三十。

张弛同学又说:"我妈看错了,她把你边上的那个女生当成你了。"

路路所有的欢喜统统挥发掉了。

张弛同学回家告诉我这一段,他说其实路路跟他挺哥们儿的。我说:那你去欺负人家小姑娘干吗?他嘿嘿笑。

21

张弛同学对汽车很感兴趣,也懂得不少,他对我说最怕听附庸风雅的女同学谈汽车了,他说她们一谈起来就说"我喜欢奔驰",要不就是"我喜欢宝马",张弛同学说:"奔驰宝马谁不喜欢呀?就知道奔驰宝马!"

张弛同学边说边以矫揉造作的女声模仿女生甲说:"你知道奥迪A4、A6、A8是什么意思吗?"

他随即换了一种声音模仿女生乙的回答:"A4就是四个缸,A6就是六个缸,A8就是八个缸。"

我笑。

他继续夸张地模仿女生说:"A4是四十岁开的,A6是六十岁开的,A8是八十岁开的。"

他恢复了自己的声音说:"真受不了她们。"

22

张弛同学告诉我:"有人说我道德枷锁太沉重了。"我问谁说的,他说是同学。

我问何以这么说。

他说:"他问我想找一个什么样的女朋友,我说了三条标准:长得好,性格好,家庭好。我的同学说,你的要求太高了,你找不到的。"

我问他:"他是因为这个说你'道德枷锁太沉重'吗?"

张弛同学说:"不是。我说我们这代独生子女给父母养老是大问题,他说我道德枷锁太沉重了。"

哦,原来是这样。我真没想到他这么小小年纪就考虑给父母养老这么沉重的问题,真的是道德枷锁太沉重了。说真心话我很不好意思让他操心和负责我的将来。我希望自己不要麻烦他,至少不要太麻烦他。我跟张弛同学说,如果有一天我得了老年痴呆,我希望他毫不犹豫地把我送到政府办的养老机构去,当然是免费的最好,假如那时候有这样的机构的话。我希望他生活得轻松快乐,找他自己想找的女朋友,不要"道德枷锁太沉重"。

23

张弛同学虽然道德枷锁很沉重,但他有个习惯就是轻易不叫我妈妈。我作为他的合法母亲当然希望时常能听到孩子像小猫咪一样叫声妈妈，于是在供求上就出现了不平衡，张弛同学趁此便找到了商机：他叫声"妈妈"需要收费，而且收得并不便宜。

他上高一的那个暑假要我给他买一个四千五的手机，我觉得太贵，超出了预算，没有立刻同意，他答应叫我三声妈妈报答我。我心算了一下，花小五千块钱听三声妈妈，代价有点高，不听也罢了。我没答应，他转而威胁我等他回到爷爷奶奶家就整天烦他们，让他们不安生。我一听这个害怕了，心想老年人平常清净惯了，虽然疼爱孙子，但成天被孙子烦也不是一件快乐的事儿吧。于是我咬咬牙给他买了他要的那个手机。

张弛同学果然不食言，他捧着新手机，站在中复电讯公主坟店外面的马路边，亮开嗓门高声叫了我三声妈妈。这折合人民币一千五一声的"妈妈"听上去果真是不同凡响，清脆，响亮，动人，含金量非常之高啊。听第一声我还平静正常，听到第二声我就有点发晕了，听到第三声我心跳加速虚汗直冒。张弛同学大概是叫得高兴了，他笑嘻嘻问我："我再友情奉送一声好不好？"

我赶紧谢绝，我可不想一头栽倒在马路牙子上。

24

梦见一个从来没有梦到过的朋友,醒来之后我为梦着这么个人心头有几分困惑,随口问张弛同学:"梦到一个人算不算侵权?"

张弛同学不当回事地说:"做梦不应该算侵权吧。"

我说:"那要是我梦见你——"我开始揭他的短。

张弛同学马上打断我说:"做梦不算侵权,但你说出来就算是侵权。"

我说:"那要是我梦见你叫我妈妈呢?"说完我哈哈大笑。

他一听急了,大声说道:"你说什么?那当然是侵权啦,而且你还要给我钱!"

25

某天张弛同学病了,他自我诊断是扁桃体发炎。他嗓子疼、头疼,不能去上学。因为他信任的F医生远在美国,所以他不肯去医院就医。他用轻得听不见的声音问我:"我们小区里有医院吗?"我说没有,以前住过的那个小区里有。我建议他去最近的铁路医院，也就是现在的世纪坛医院，他摇头。他坚持说小区里有医院，是新开的。我说顶多是个小卫生所吧，他想了想决定算了，因为他认为那样的小卫生所可能用药不安全。

因为嗓子疼，张弛同学不说话。以往他生病的时候话还是挺多的，要这要那，让我陪他，等等，要求比平常更多些。如果我不耐烦，他就批评我，而且言辞比平常更激烈。他有最狠的两句话，一句是"最毒天下妇人心"，另一句是"谁让你生我的"。听到他这两句经典的批评我会像被洗了脑一样听凭他驱使。因为毕竟生他没和他商量，也没得到他授权，因此我总觉得自己理亏。他曾经让我赔偿他，我口头答应将我有生之年的所有版权都给他，当然我希望还有其他物质形态的东西给他，作为对他的补偿，请他原谅我年轻时候的幼稚和草率。

张弛同学歪在床上，让我拿纸和笔给他。他在纸上画了两个像是土豆那样不规则的圆形，在里面画上田字格，旁边用小字写道：我的扁桃体。又画了两个同样像是土豆那样不规则的圆形，不过只有前面两个的十分之一大小，他在旁边用更小的字写道：你的。我从来不知道扁桃体长什么样子，但在张弛同学的图示下我知道了原来扁桃体形状像土豆，表面像手雷。我把他画的这两幅图对照一看,就无师自通地懂得了扁桃体发炎是怎么一回事儿。我不知道正规的医学院教授们是不是也这么教的。

在扁桃体的折磨下张弛同学吃了几片消炎止痛的药。虽然说话不方便,但他并没有停止表达。他在纸上写了一句话:"我能看TV吗?"

我说不能,你不是嗓子疼吗?嗓子疼应该休息。

他马上在纸上画了一只眼睛,在后面打了一个钩,随后画了一个嘴唇,在后面打了一个叉。

我说你能看电视就能去上学,我现在就开车送你去。

他又在纸上写:"不能坐,只能躺。"

一边写一边随手画了一个背着书包躺着的孩子。

我想想教室里的确不能躺着听老师讲课,所以只好作罢。

张弛同学要求我去电视机前的地毯上铺上被子,我拒绝,他写道:"药效在电视的作用下才能发挥出来。"

我说我怎么从来没听医生这么说过?

他又写道:"真的。"

我被他缠得没办法,按他的要求做了。我抱怨道:"我什么都听你的,连声妈妈都听不到!"

他立即在纸上写了"妈妈",后面还加了一个叹号,如此我也就不好再说什么了。

张弛同学服了药，看了好几个小时的电视，第二天据说嗓子就不怎么疼了。

不知道以后医术高明的大夫给患者开药会不会特别注明："服药后配合躺着看电视六至八小时疗效更佳。"

26

为应付高考张弛同学抓紧背诵古诗文，每天都念念有词，像小和尚念经。

他问我："你知道我最喜欢的唐诗是哪首吗？"

唐诗那么多，我怎么知道啊！

张弛同学说："我最喜欢李白的《将进酒》。"

他情绪饱满、声调激越地朗诵起来："君不见，黄河之水天上来，奔流到海不复回！"到底是学过表演的，读起诗来就是不一样，好听。可他突然停下来，换了正常的语调说，"但我喜欢的不是这一句，你知道是哪一句吗？"

我也用朗诵的声调说："人生得意须尽欢，莫使金樽空对月。"

他惊奇地问我："你怎么知道的啊？"

我得意地说这我还能不知道？张弛同学继续声情并茂地朗诵下去："天生我材必有用，千金散尽还复来。"停下，叹说，"这句就不如上一句了。"

真是识货，佩服。

读完了李白老师的诗篇，张弛同学以饱满的诗情热情洋溢地说："以后我的祝酒词就是这样的：人生得意不得意须尽欢，莫使你的金樽银樽铜樽玻璃樽空对月！"

27

高考在即，我对张弛同学说："你要抓紧了，如果高考考不好，那这么多年就等于白学了。"

张弛同学立刻反问我说："没学也算白学吗？"

28

在送张弛同学上学的路上，他坐在车里，用一种深思熟虑的口气跟我谈到了高考这种方式的欠缺之处。

张弛同学认为高考需要改革，学校一直在提倡素质教育，可是到最后一把还是比考分，等于从根上又找回去了。张弛同学认为以后高考不应该光是考课堂上学到的知识，而是应该考学习能力，考接受能力，考归纳和总结能力，甚至是考自由发挥，考创造能力，他认为应该要加大面试的比重，学校在招学生之前必须先看看这个人，长相、气质、性格、反应、能力包括穿衣打扮等等，因为这也代表了一个人的社会形象和修养品位，总之是方方面面都要看一看，因为学校是为社会培养人才，不应该鼓励学生只会读书。有些人会读书但没有实践能力；有些人虽然成绩很好，但难以相处；有些人在学校里品学兼优，但其实是伪君子……张弛同学认为单纯由考分来决定教育资源的分配非常不科学，非常不合理，也非常不公平。

我感觉他这些话虽然幼稚偏颇，但作为一个十几岁的学生，有些认识似乎还是有一定的可取之处。我跟他强调，无论怎么说，高考具有一定的公平性，给众多学子提供了受教育的机会和未来发展的上升通道。他表示同意。

"假如有一天中国的高考真的与素质教育对应起来，"张弛同学在下车之前满怀憧憬地说，"那我一定想上哪所大学就能上哪所大学了。"

哈哈，真是够自信。

29

　　张弛同学决定以"特长生"参加高考,据说可以在考分上优惠二十分左右。我理解他是想寻找一条通向成功的捷径。对孩子有这样的想法我是非常支持的,我认为他是在给自己寻求一种最优化的方案,是为自己着想,也是动了脑筋的,我不会像某些思想古板的家长那样将此看作是孩子投机取巧。

　　不过"特长生"这条路其实也未必好走,尤其对我们张弛同学而言。张弛同学的的确确有许多的特长,但他的特长没一项是列入学校考试范围的。学校考的他无论选哪项都得临时抱佛脚。小的时候他练过书法,本来我想在此基础上再让他学习绘画,可是写了几张纸之后他就不写了;初中的时候他学过黑管,我以为抱上一件乐器自然会有音乐修养,而且学会了黑管之后还可以再学其他乐器,可是实际情况是花了几千块钱买了一个黑管,又花了几千块钱交了学费,只是在家里听过他断断续续的练习曲,耳朵和心灵在遭受摧残之后也没能听到他吹出什么优美的曲调,此事后来也就不了了之;初中的暑假他去学过打篮球,但在上了两次篮球夏令营之后打篮球也就成了他平常的娱乐。到临近高考这个时候如果再去学钢琴、学唱歌等等无疑都太晚了，也非一日之功就能达到考试的水平的，因此他灵机一动决定学表演，我们给他请了一位老师，他跟着老师学了几次，就斗志昂扬地上了考场。真是应了那句老话儿：临阵磨枪，不快也光。

仗着模样儿还算齐整，又经过老师临时栽培，前面两场考试张弛同学都拿到了合格证。转眼到了第三场，一大清早我带他去北师大，一路上我给他鼓劲，我说前面两场考下来我们已经考出信心啦，如果不给我们合格只能说明评委没眼光。

他听了频频点头。

我给仓促上马加上学艺不精的张弛同学打气："学艺术的人首先要长得好，艺术可以慢慢学，长相没人能够慢慢教。"

他认为我说得极对，又是频频点头。

30

张弛同学顺利通过了初试，我带他去北师大复试。天特别冷，夜特别黑。学生们从7点到10点考三个小时的文化课，陪孩子的家长们是七点半开咨询会。北师大真是个好学校，我理解校方就是为了给家长们找个取暖的地方才特意开这么个会的，可是家长们问的那些个问题真够无聊透顶的。再看那些家长，都像是饱受生活磨难，放眼望去大都凋零得不成样子，其实大部分差不多也就四十出头的年纪。好像天下人做了家长就都不修边幅起来，首如飞蓬，面如槁木，跟自己花朵般的孩子一比真是反差太大了。那些迈着疲惫的步子走进会场的考生家长，穿着灰扑扑或者蓝蒙蒙的羽绒服，头发乱乱地贴在头皮上，要不染烫得像是经历了一场火灾，身上沾着油烘烘的炒饼味儿，直眉瞪眼一言不发地往前走，看到椅子一屁股就坐下去，见到老师就像饿狼一样扑上去……基本都是一个样，连说出的话，甚至说话的口气也差不多是一个样。我觉得有意思的是孩子刚上托儿所爹妈好像就是一副人到中年的皱巴相，其实如果适龄生育那会儿也就二十来岁啊。小学生的家长一个样，中学生的家长一个样，都是家长的长相，家长的穿着，家长的表情，家长的作风，都是一脸望子成龙的焦虑相。我因为工作的原因经常参加各行各业的会，我发现就数家长会场面最土气，即使你穿着家里做饭的衣服去参会也不会有丝毫的违和感。

考试没结束我早早地到教室门口去等张弛同学，天寒地冻的，我在寒风中翘首以盼。

他出来之后第一句话就问我："晚上你跟谁一起待着的？"我说跟王军军的妈妈在一起。王军军是他的同班同学，会吹萨克斯，会唱英文歌，他的妈妈是个四川美女，军人，气质很特别，四五百个家长当中一眼就能看到她。张弛同学很无厘头地问我："王军军的妈妈有没有夸你的辫子？"我说没有。他马上说："你的辫子实在太漂亮了！"

31

张弛同学进入紧张的"一模"，俗称"一摸"，也就是高考前第一次模拟考试。据说这次的考分基本能判断能上不能上和上什么学校，而且也是填报考志愿的一个重要依据。考前一天我终于看见他在复习了，而且好几个月以来第一次听见他读书读出了声。我倍感欣慰，同时也非常担心，真不知道他一天的猛下苦功能不能顶上别人的十年苦读。

"一模"进行到第二天，也是最后一天，早上送他去上学，他情绪良好，跟我说说笑笑。他对我讲这次"一模"他们一个去外地借读的同学回来了，他以吹萨克斯的特长去报北大，北大对他说：像你这样的考分要达到576分。这位同学一听扭头就走了。张弛同学感叹说："能考576分还要吹着萨克斯去啊？"然后又感慨一句，"不过北大这样的学校考了576分还真得吹着萨克斯才能去。"

32

两天的高考落下了帷幕，用我们老百姓的话说就是总算考完了。为了这两天的高考，多少人跟着忙碌，多少人跟着着急，现在好赖都是它了。听电台里说许多单位给家长放五天假，让家长们服务高考，有的单位还给家长发补贴，说是让孩子吃好。我想这样的单位领导真是会做人，其实即使不放假，家长也会想出种种办法请假的，就是不请假也会身在曹营心在汉，当然即使不发补贴肯定也亏不着孩子的。新闻报道里还有一个说法，就是今年陪考的家长明显减少。这个我没有比较也就没有发言权。我当高考考生家长可是大姑娘上轿头一回，不知道去年是怎样的一个状况，更不知道去年的去年是什么情形。即使说家长明显减少，但学校门口还是围着不少的家长，高峰期几百个人总是有的。汽车更是把马路两边停满了，有警察和交通协管员维护秩序，从早晨起到傍晚散场就没有消停的时候，他们真是挺辛苦的。

作为考生家长，我心情平静，情绪正常，因为上战场的毕竟不是自己。不过服务高考这项伟大的工作还是做的，而且做得很认真，很负责。这两天不做别的，就是给高考的孩子做家长，从头到尾、里里外外就像我们的政府强调的那样"做好服务工作"。

张弛同学的考点是花园村中学，离家五六公里，所以我们选择中午开车接他回家吃饭，这样至少可以让他吃得好一些。这两天的饭菜都是有"大厨"美名的他爹亲手做的，做的也都是张弛同学爱吃的，所以高考这两天成了我家历史上中午饭最丰盛的日子。我想假如高考频繁到每天或者每星期都进行的话，那么我家应该顺手开个餐馆——不知道从前的"状元楼"什么的是不是因此而得名的。

考前不少朋友告诫我们不要问刚出考场的孩子"考得怎么样""你会不会啊""做对多少""估计能得多少分呀"诸如此类的问题，可是，不好意思得很，这些违禁的问题我们一个不落全都问到了。没觉得有什么不能问的，再说我们不就是想知道这些吗？问问怎么啦？娱记连人家明星的隐私都问得，咱自己家出产的小孩有什么问不得的呢？

傍晚5点从高考考场接回孩子，我觉得就跟当年下班之后赶到北京汽修三厂托儿所接他回家差不多。那时候他一两岁，只会说简单的句子，还不会表达太复杂的意思。问他在托儿所乖吗，他说乖；问他吃的什么，他说豆；问他老师好吗，他说好；问他脖子里的道道是谁抓的，他说花猫。那时候他的一天对我永远是一个谜——一转眼他就高考了。

养大一个孩子真是太容易了。

33

高考之后等待公布成绩这一段张弛同学比高考还心烦，他说："为什么还要等分数，一人发一张大学录取通知书不就完了吗？"

我当然同意这样，如此孩子们就不必因为等待而焦虑了。可我们这些所谓大人能力太低了，没有为后辈们创造下如此的教育条件，真是惭愧啊，真是汗颜啊，真是不好意思啊。我们只好反过来找孩子的不是，先用书山题海堵上他们的小嘴再说。想想更是惭愧啊，更是汗颜啊，更是不好意思啊。

张弛同学满怀理想主义色彩地提出中国高校的十六字方针："就近入学，宽进宽出，兴趣教学，学玩结合。"

张弛同学感叹说："假如这样就好了！"

我惴惴地代表溺爱孩子的一小撮家长给予最大化的支持。

34

高考之后张弛同学的生活如果用一个词形容,就是"无聊"。他感慨地说:"怎么没有人找我玩呢?"他的另一句感慨的话是,"真不知道什么人是不无聊的。"

我建议他说:"你可以出去找女孩儿玩。"

他说:"我不找,我等着人家来找我。"

我说:"你是男孩子,你应该主动一点。"

他说:"主动不就贱了吗?"

我说:"不主动不就找不到自己特别喜欢的了吗?"

他坚持道:"那我也不主动。"

我说:"现在男孩子反倒比女孩子还不大方。"

他说:"那是人家有大方的资本。"他叹着气说,"所以说现在是阴盛阳衰啊。"

35

在高考之后这个悠闲的假期里,张弛同学经常和我扯闲篇。比如有一天他问我:"很有钱或者长得很好看,你选哪一样?"

我说:"当然宁愿长得好看啦。"

张弛同学以一种十分务实的姿态说:"要我就宁愿有钱。"

我随口说:"你长得好看走出去谁都能看得见,你不能把财富随身带着吧。"

张弛同学以毫不动摇的口气说:"那我也宁愿有钱。"

我也以毫不动摇的口气说:"我还是要长得好看。"

张弛同学忽然转过脸对我冷笑道:"就你,都长成那样了,还不要钱哪?"

36

张弛同学在电脑上给我画了一幅肖像:宽大的下颌骨和不大规则的脸庞,烫得像非洲人那样卷卷的头发,戴着颇有民族风情的五彩斑斓的耳环,脸上涂了一边红一边绿的胭脂,这些虽说不写实,但都还好,他居然还给我画了两只又长又尖的獠牙。我想我真要是长成这副模样估计无论如何也会找家医院去整整的,免得出去吓着个谁。

我不满地问他:"我就长这副模样?"

他微笑着,做出很低调的姿态说:"差不多吧。"

我感慨地说:"好在你的眼睛不是镜子,感谢上帝!"

他笑说:"那可是非洲风,很流行的。再说了,毕加索画的是镜子吗?"

37

一天和张弛同学去金都假日酒店吃饭,他喜欢那里的自助餐。他端着一个盘子拿了好几块奶酪来,笑嘻嘻地对我说:"知道吗,这道菜叫西红柿芝士沙拉。"

我马上想到他是不是不道德地把里面的芝士都给挑出来了,赶紧问他,他笑说:"里面一个西红柿也没见到。"

原来是西红柿让不道德的人挑去了——哈哈,差点错怪孩子了。

38

我发现一个人说年纪大小通常是以自己为参照标准的。比如说起某个人有多大,我会这么说:"他挺年轻的,不到四十吧。"

有一次张弛同学问我一个拐了几道弯的朋友有多大,我说:"她挺小的,才二十八九岁吧。"

张弛同学听了不由冷笑:"都二十八九岁了,还才!"

我问他:"那你认为多小算小,多老算老呢?"

他回答:"比我小算小,比我大算老。"

原来跟我一样,也是以自我为中心呀。

又一天我和他闲聊,说起朋友家的小孩,我说:"她是1989年生的。"

张弛同学说:"太小了。"

说到另一个小孩,我说:"她是1987年生的。"

张弛同学说:"太老了。"

我跟他又说了一个1986年出生的孩子,他用夸张的语调说:"太……老了!"

39

张弛同学的高考考分未达预期,虽然他已经以"特长生"的资格和某大学签约,但他还是选择出国留学。

最初他想去澳大利亚,主要是从经济上考虑,也是他体谅我们当父母的吧。后来他的一个朋友,也是他的初中同学,决定去美国,这位同学的妈妈希望张弛同学和她儿子一起去,相互有个照应,于是两个孩子一起去上了清华大学的学术桥留学预科，准备一年后赴美。

在张弛同学还很年幼的时候我曾经对他说过，你要是不按着学校这套规矩读书做题好好学，将来就得漂洋过海去洋插队，没想到让我有幸而言中。

40

我的大学同学小范介绍我认识了清华学术桥的张老师，算是熟人好办事吧。暑假一过张弛同学就成了清华学术桥留学预科的学生。

有一天小范打电话来，说她和张老师一起吃饭，张老师还说起张弛同学，说他进步很快，很出色，而且还是班长。我说我一点都不知道他当了班长。

接张弛同学回家的路上我问他："听说你还是班长？"

他说："是啊。"

我说："我怎么不知道？"

他说："我没跟你说。"

还好，他没说你也没问过啊。

我问他："最近你学习怎样？"

他略带谦虚地说："还不错吧。"

我说:"算不算最好的?"

他还是略带谦虚地说:"差不多吧。"

我问他:"你是不是班上最穷的?"

他说:"那当然啦,我肯定是全体同学当中最穷的一个了。"

我说:"所以你知道我有多不容易了吧?"

他没吭声。

然后我问他:"为什么穷的学习就好?"

他哈哈大笑。

他说:"不过我并没有觉得自己穷抬不起头来,也没有同学因为我穷而歧视我。"

说完他想起什么似的对我说想买两条冬天穿的厚点的裤子,我说:"你不是有一条厚的耐克吗?"

他说:"是啊,不穿在身上呢吗?"

我低头一看果然是。

"人少吃一顿饭行,但少穿一条裤子可能还真不行。"然后他这么对我说,"咱们人穷志不短,你给我买条裤子吧。"

41

张弛同学生病没去上学,在家养着。其实也没什么大事,就是感冒，嗓子疼，睡到下午基本好了。他看我在房间里熨衣服，跑过来躺在大床边上，望着我发感慨："要是在旧社会你肯定就是那种勤劳耕作的妇女。"

我问他："那放现在呢？"

他说："还是一样。"

42

张弛同学感冒刚好不久，有一天外面刮着好大的风，他只穿了一件套头衫，他对我说："我是真空的！"

我埋怨他："为什么里面不多穿件衣服？"

他得意洋洋地说："要成名不都得真空吗？"

张弛同学自认为比我还时髦，他这样对我说："你跟上我就是跟上了世界潮流，真不知道你要暗自庆幸成什么样子呢。"

43

和F医生通电话，他说他家的猫十二斤重，要减肥了。我说一个猫，既不找对象又不出去见人，白白饿着，没道理。我还跟他说，如果他真要让猫节食，我打算把一个月的奖金买成猫粮给他家的猫送去——再苦不能苦领导,再饿不能饿猫咪。他解释说猫减肥是为了健康。

说给张弛同学听,他笑,说:"他家的猫吃得这么肥,看来他钱不少。"

转述给F医生听,他说:"你不会说他吗,我因为养你,连一只猫也养不起。"

44

傍晚我去买菜,刚到楼下就有一只大白猫叫我,我走一路它叫一路,我以为它要吃的,结果它一路小跑进了一家小日杂店。我心想可以到店里买点东西给它吃,就跟了进去。和店主攀谈了几句,他说白猫是他养的,都养了五六年了。等买完菜,我终于明白过来这猫是替主人拉客的。

回家我跟张弛同学说了这档事,我问他:"那猫怎么看出来我有购买力的呢?"

张弛同学口气肯定地说:"大白猫并不是看购买力,而是看生脸熟脸,把看见的生脸都叫进去一遍。"

45

在门口的走廊里,邻居家的小狗热情地扑在我腿上,我也只好热情地说:"儿子,真乖!"

等我回到家,坐在客厅里看电视的张弛同学的爹对我说:"你别儿子儿子的,要人家是女儿多尴尬。"

"没啥好尴尬的,不是孩子——"我说,"是一只狗。"

张弛同学听了笑说:"为什么叫狗儿子人家就会开心呢?"

46

我在炒菜,等油锅烧热了,张弛同学说:"嗞——啦!"果真菜往里一放,油锅也响起:"嗞——啦!"

我忍不住笑。多大了还是小孩子的样子。我脑残地想:这大概就算是养了一个好儿子吧。

47

张弛同学还跟小时候一样喜欢跟我逗着玩,我走路他随时伸出爪子拦我一道，高兴了扑上来咬我一口，扯我一把，打我一下，还有其他种种把戏。有时候被他弄得烦不过，我说他："你别跟我闹了好不好？"他总是把脸色一正，回说："谁跟你闹了？"好像啥事没有一样。

前些天我们的汽车停在新华社院里让同事的车给剐了，我们的车是红色的，对方的车是白色的，我们的车上蹭了明显的白漆，对方那辆车的车门上是鲜明的红色。

张弛同学又来跟我缠的时候我说他："你别老来烦我了好不好？"

他又是把脸色一正说："谁烦你啦？"

我笑说："我要是一辆红车的话，你肯定蹭了满身的红漆，我估计我隔三岔五就得送修理厂喷漆去，而且得整车喷漆，说不定还有钣金活呢。"

48

张弛同学看我在沙发上躺着，蹭过来问我："能不能让我踩踩你的脑袋？"

说着，一个热乎乎的爪子就轻轻地上来了。

我仍然闭着眼睛躺着，说："你踩吧，别踩坏了就行。"

他似乎得到了鼓励，马上就试探着行动。

我又说："一个脑子正常的人是不会踩碎自己的银行的。"

于是他嘴里说着"你不是靠手吃饭的吗"，还是放弃了。谢天谢地，他认为自己是一个脑子正常的人。

49

为了能顺利通过雅思，张弛同学报名去上新东方留学类雅思班，一星期四个晚上，一共上六星期。白天是清华，晚上是新东方，实在是把小朋友累得够呛。新东方的教学楼门口竖一广告牌，上写"为梦想而来"，张弛同学对着这块牌子感慨万千。他对我说："我还真不是为梦想而来的，我是被现实生活逼迫无奈才来的。"

张弛同学的确是因为生活所迫，他现在似乎比任何时候都要用功。我鼓励他好好学，他对我说："我花一百多万再学不到东西，那我不是太亏了吗？"

50

张弛同学在新东方上了一段，我问他课怎么样，他说：

"四分之三时间讲笑话,四分之一时间讲英语。"

我说:"那得去找俞敏洪老师把一部分学费退回来。"

张弛同学说:"也有的课一句笑话都不讲。"他略停了片刻说,"那你得去找老俞把全部学费退回来。"

51

张弛同学又报了环球雅思补习,我问他:"课上学的你都记住了吗?"

他十分肯定地点头,说:"记住了。"

我很怀疑,提高了声音追问:"真记住了?"

他平和地回答:"都记本子上了。"

52

张弛同学每星期一送到学校,星期五接回家,一周在家里住三个晚上。只要在家夜里他都不肯睡觉,一直耗耗耗,能耗到多晚就耗到多晚,不催不肯上床,催了还是不肯上床,而且还要跟我发脾气。不睡觉他也不是学习,而是打游戏,看电视,看碟,在网上聊天,等等,总之一个字:玩。我一说他就找理由，比如他说"我在听英语呢"，或者是"这是我们老师让看的"等等，他永远是理由充足。我拿他没办法，只好反省这是自己教育的失败，甚至还想到这是自己做人的失败。

某个周五把他接回家，当他踏上我们小区散发着泥土芬芳的土地时，他犹如一个在海外漂泊几十年的归国老华侨一般感慨万千地说："回到这里才感觉像是回到了真实的世界。清华太虚幻了，宿舍里没有网络没有电视没有报纸，简直无法想象！"

有些人还以为网络是虚幻世界，在小孩的眼里完全不是那么回事。

53

张弛同学向我抱怨说："现在我一星期只能睡一个懒觉，只有星期四上午没课。不过一到星期四准是一个大太阳天，8点钟房间里亮得就不能睡了。"

他又说："可是除了星期四一个星期都好像八点半天还是黑的，阴沉沉的。"

然后他又说："我太累了，真想每天都睡懒觉，一星期睡八天，然后就去美国洋插队了，四年再不睡一个懒觉。"

54

张弛同学最爱看的报纸是《北京晚报》,他从学校回到家里总是从报堆里抽一张《北京晚报》带进卫生间,在里面享受一边如厕一边读报的休闲时光。某个周末他又如法炮制,拿着一张北晚边走边说:"人不学习不行啊,我要好好学习。"

然后关上门半天没动静。

从卫生间出来,他意犹未尽,说:"再学一张。"

除了《北京晚报》家里任何报纸他都不看。

元旦那天我没收到《北京晚报》,以为今年没有赠阅了。我抱歉地对张弛同学说:"张大爷,今年您只能凑合学个新民或者羊城了。"

张弛同学一脸的失望。

不过第二天《北京晚报》又出现在报箱里,张大爷又有报纸看了。

55

我去学校接张弛同学,看他脸色不好,我问他:"昨天熬夜了吧?"

他说:"没太晚,也就到12点多吧。"

我说:"那脸色怎么这么不好?"

他回答:"早晨我没有洗头发。"

56

送张弛同学上学的路上,他跟我扯闲篇。他对我说:"我看过一个电影,可惜只看了一点,主人公身边所有的人都是专业演员演的,他生活在一个彻头彻尾的谎言当中。"

我说:"是《楚门的世界》。"

他说对。

我一本正经地对他说:"其实你就是那样一个人,你身边的人也都是演的。"

张弛同学大笑,然后感叹说:"我爸演得太真了。"

我问他第二真的是谁,他说:"猫也演得太真了,太像一只猫了。"

他接着说:"我爷爷奶奶演得也很真。"

然后又说:"我外婆也很真。"

一边说他一边哈哈大笑。

我问他:"那我呢?"

他停顿了一秒钟,语带温柔地说:"你太傻了!"

一路上我们笑个不停。

57

张弛同学一满十八岁就迫不及待地去驾校考了一个车本,从小他就喜欢汽车,终于熬到了能开车的年龄,所以恨不得一天也不耽误。从学校回家过周末他要求由他来开车,平心而论他上手很快开得也很不错,可是我觉得他的态度不太正确,因为他认为开车是件相当容易的事情。一个新手这样不以为意让我非常担心,所以看到他那个小浪劲儿我就忍不住要生气。坐他的车我比驾校里最没耐心的大牛师傅脾气还要坏,能骂他的时候一次不放过,有时候明明没什么可骂的,也要唠叨上两句,这不是为了咱孩子好吗?

有一天他又提出开车,我勉勉强强坐到副驾驶座上,嘴里嘟嘟囔囔,一个劲儿追问他带没带驾照,他只好从口袋里掏呀掏地把那个小本子拿了出来。后来冷静下来我想想虽然户口簿上写着我是他的母亲,可也没有理由查看人家的驾照呀,那好像是交警同志才有的权力,我实在是紧张得过分了,光知道找碴儿了。

多少年之后张弛同学说，我还真没有被警察叔叔查过驾照，因为都由我妈代劳了。

58

周五张弛同学的爹跟同事喝酒没把车开回来，为了环保他搭我们的车去单位加班顺便取车。我和张弛同学去地库把车开上来，他爹站在楼下等。车到的时候他爹十分自然地来拉后面的门，眼光陌生地发现我竟然坐在后座上。

他爹在副驾驶的位子上坐下后问我："你怎么坐后面了？"

我答："让你尝尝惊险的滋味。"

张弛同学立刻反唇相讥："要尝惊险的滋味得坐你开的车！"

一家人坐在新司机张弛同学驾驶的车里，我有一种身处梦境般的恍惚感。我问他爹："坐在鸡蛋开的车里你紧张吗？"

他爹说："当然紧张啦，坐你们的车我都紧张。"随即又补充道，"我无法想象你们是怎么开车上路的。"

59

记得我刚拿驾照不久,开车上路处于胆战心惊阶段。有一天去学校接张弛同学回家,走在莲石东路上,他爹正好下班回家,在后面开了大灯狂闪不已。我被闪急了,拿出本地大妞的脾气,对坐在边上的张弛同学说:"你把车窗放下,回过头去替我狠狠痛骂那个傻×!"

张弛同学放下车窗,回过头去,不过半天也没有痛骂。

我说他:"你怎么这么面啊?"

张弛同学略带迟疑,笑嘻嘻地说:"这个人不能骂——他是你爸!"

60

我把电脑扣过来,拍拍,倒出各种糕点饼屑,才知道使用电脑时与电脑分享了多少好吃的东西。我们同事更神,曾经请电脑喝茶,几千块大洋瞬间泡汤。

张弛同学说:"你真是工作生活两不误。"

我说:"一边工作一边吃零食是个坏习惯,可是比起一边开会一边抽烟就没那么坏，比起没事吃胶囊更要好一些。算了，不改坏习惯了。"

张弛同学说："就你这样还能教育好小孩？"

61

一天晚上临睡前张弛同学说明天要做意大利面条，我不耐烦地说要做你做，我可不做。第二天上午起床之后他又旧话重提，我以为他睡一夜觉早忘记了呢。看我没有表示，他到厨房里转了一圈，发现料不全，说要出去买。他围着我转来转去，我问他："你是想开车去呀？"他嗯一声，假装很平常的样子。

我想想翠微大厦并不远，虽然不放心让他一个人开车去，还是把车钥匙给了他。张弛这个同学什么都好，就是出钱出力、担责任、有麻烦，还有可能会挨骂的事情统统推给我。他大概也知道这种时候我会烦，所以很内敛，很低调，站在一边不说话，耐心地等。我想想反正他早晚总是要独立上路的，就比如现在他在美国，我也不能跟着他呀，所以我就点头同意了。

没多久他回来了，买了他认为该买的东西。然后就听厨房里乒乒乓乓一阵异响，还有锅烧煳的味道传过来。我跑去张了一眼，正准备冲他发脾气，发现其实并没有什么事，甚至连火都是关着的。于是我回到电脑前,不再去管他在干吗。过了不知多久张弛同学走进房间,一手端一个大盘子,里面是意大利面条、洋葱、小肉丸等等——看着还挺像样的。

我在他的盛情邀请下去餐桌边坐下来吃午饭。我抱怨盘子里的东西太多了,吃不了。

张弛同学说:"这是一人份的。"

我说:"你以为是餐馆呀?"

我不情不愿地开始吃,一边开始责难他。

我问他:"菜你洗了吗?"

他答:"洗了。"

我问他:"你用的料没有过期的吧?"

他答:"没有过期的,全是新买的。"

我说:"肉太多了,吃不完。"

他低声说:"还有嫌肉多的。"

我要把我盘子里的肉给他,他脾气很好地接受了,不声不响地吃,就像一个很有容忍心的好丈夫。

然后我又提意见,我说太咸了,并且扔下一半的面条不吃了。张弛同学摇头叹气,但脸上一直展露着宽容和善的微笑。

他问我:"你说我做得好吃吗?"

平心而论他做得很好吃,只是我刚吃过别的东西,不饿。

然后我意识到我和他之间存在一个误区，那就是谁对谁好，那个主动付出的家伙就会地位很惨。通常情况都是我比较傻，为他做事，替他着想，对他好，所以他总是爬在我头上。我设想如果今天中午这顿饭是我做的，那受批评的肯定是我。不过我想想也是我活该，因为我是心甘情愿的。

62

晚饭我酱了一个牛腱子，张弛同学说："牛肉吃多了容易得心脏病。"

我说："还有许多连牛都没见过的也得心脏病了。"

他又说："美国心脏病多就是因为他们吃牛肉多，这是他们自己研究得出的结论。"

我说："没东西吃比吃牛肉得心脏病的可能性没准要大得多。如果没东西吃，可能来不及得出研究结果就得心脏病死去了。"

63

张弛同学笑话某人没文化，他说："他家里就没两本书，跟文学最沾边的是语文课本，最高深的学术著作是数学课本，最厚的书是《新华字典》。"

我补充："知识性趣味性最强的是《农村赤脚医生实用手册》，剩下的就是产品使用说明书。"

64

张弛同学磕在床沿上，把腿上的一块皮磕掉了。我看了很心疼，埋怨他："看你把我小孩磕成啥样了，你能不能当点心，我把孩子交给你真是不放心！"

他听了低声嘿嘿地笑，一副十分抱歉的样子。

——哈哈，演得真好。

65

在张弛同学还很小的时候我给他讲过汪曾祺先生写的一个人，好像是一个京剧名家的儿子，总向他父亲要钱，父亲不给，他就狠狠地背摔在地上，还连声说："我摔你儿子！我摔你儿子！"张弛同学听了十分开心，觉得这是一个要挟爹妈的好办法，而且他显然非常喜欢一个人可以到父母面前去把自己说成是"你儿子"。

我不记得汪先生写的那个故事的出处了,翻了半天《蒲桥集》,也没有找到。我们住在蒲黄榆路九号楼时和汪先生是楼上楼下的邻居,张弛同学幼年的时候见过他,称他"作家爷爷"。想到汪先生已经离去这么多年,想起他温和安静的笑容,心里不由很惆怅。

66

新华社拉美总分社社长潘先生来家里吃饭,送了一盒古巴雪茄给张弛同学的爹。张弛同学非常喜欢那一大盒装在木头匣子里的雪茄,还有一个树叶形的烟灰缸和一个极像一支雪茄烟的打火机。

晚上他坐在茶几旁的椅子里,拿了一支雪茄在手里,假装吸着。装模作样了一番之后他认真地对我说:"这个给我留着啊,给我做结婚礼物。"

我痛快地答应了他。记得他好像一直说不会轻易结婚的,没想到看在一盒古巴雪茄的分儿上这么快就决定要结婚了。难怪世界上大部分的男人都结婚了啊。

67

张弛同学回江苏去他爷爷奶奶家过年,他一走没人烦我了,真空虚啊。上班我和同办公室的年轻同事聊天,她说希望也生一个像张弛同学这样的小孩,可以随时说出许多好玩的话来。我说这是很容易的,你只要给一个小孩好吃的好喝的给他买他想要的东西不叫他用功学习让他畅快玩,他准保能说出让你乐不可支的话,而且是随时随地的,这是我的私房经验,别让学校和教委知道了批判我就行。

68

张弛同学回来后写了一篇博文叫《人在江苏,备受冲击》,写他到江苏几乎所有人(此处应该是指长辈们)都看不惯他的头发,说他是女的,因为在他们的观念里男的头发不能留那么长。最夸张的是他去一个人家拜年,那家的老奶奶看了看他怀疑地说:"这个是张荻?"张荻是他的堂姐。张弛同学抱怨说:"压岁钱也没给,真让我无语。难道老年人就不能看一眼再说话吗?"他自己分析,除了头发长,他还穿了一件红色的羽绒服，估计这位老奶奶认为红色只是女子穿的。张弛同学写道："我除了无语还很无奈。"

69

看到张弛同学在博客上写了一篇郭德纲相声风味的小文，名叫《道地北京》，我边看边笑，对他说你写得这么逗可以去德云社打零工了。

张弛同学的《道地北京》是这样的：

> 最近来的人很多，有给我留言的，有给我评论的，还有就是来看看我文章的，我很欣慰啊！所以我决定请客，就去顺峰吃，谁去谁掏钱啊。
>
> 您还甭笑，看文章免费，笑一声一万三！一会儿笑了的主动去补票啊。
>
> 那个，来的主儿我不是都认识，因为我也不经常看《法治进行时》。
>
> 那天有一朋友来我博客，他吧特厉害，会七八国外语，什么英语，法语，德语，日语，南斯拉夫语，北斯拉夫语，西斯拉夫语，东斯拉夫语……可他跟我说我写的文

章他看不懂，嘿，会七八国外语，看不懂中国话，要是法律不管我早打死他了。

前几天我把我舅舅给我买的新车从车库里开出来了，这不刚考的驾照嘛。一看那车我傻眼了，知道好不知道有这么好啊，那方向盘跟一般人的都不一样，纯银打造的，长的，两边歪下来，攥着，嘟嘟嘟嘟嘟嘟……那叫一个有范，就是加速一般，我还以为发动机积碳了呢，原来是脚蹬子掉了。

再说一个事，这事离现在也不远，家里有老人的可以问问啊，在春秋那会儿，生产力不发达啊，每天大人上工记几个工分啊，一个字就是穷。家里都住草房子，嘿，一下雨算是要了亲命了，外边小雨屋里中雨，外边大雨屋里暴雨，有时候雨实在太大了，全家人都上街上避雨去。

最后给大家念首定场诗算是做个了结，你们是想听啊是想听啊是想听啊？我绝不强求。

文能提笔安天下，

武能骑马定乾坤，

上炕认识娘们，

下炕认识鞋。

观众朋友们再见！

我让张弛同学多写，他说："虽然我很喜欢写作，但是当个事情做还是很痛苦的。没有灵感怎么办呀？写不出来怎么办呀？写不好怎么办呀？写得比别人差就不说了，要是写得比自己还差怎么办呀？所以，我还是选择其他的行业吧。"

70

张弛同学感叹世风日下，他和我在小区里散步时这样说："现在只要把摄像机架起来对着有人的地方随便一拍，那就是一部道德伦理片啊！"

71

某天，我想起一句话对张弛同学说："总说防偷防抢防诈骗，其实有你这么一个孩子不比什么都厉害。"

他说："哎哎哎，你怎么说话呢？要知道我以后还养你呢，我就是舔盘子也要养你呢！"

72

送张弛同学去学校,一路上我们聊得很愉快。最大的愉快是我提出我几易其稿地写书、目不转睛地盯股市、披星戴月地去上班(以上仅是修辞而已),我要亲他一下作为酬劳,他竟然没有拒绝。可是一路都是大绿灯,道路畅通得不行不行的,连个喘息的机会都不给我,所以我无法立刻兑现这个酬劳。

等到达清华校园,我对他说:"一会儿停下车别忘了让我亲一下。"

他不满地说:"老年人的记忆力不是都衰退的嘛,你怎么还没有忘记?"

我说:"我不就惦记着这一口嘛。"

等车停稳,我捧住他的小脸,挑了一片纯净无痘的地方下口。哈哈,真是得意。

73

张弛同学过十九岁生日,傍晚的时候他给我打电话,却支支吾吾的，一直在等我说话。

我说："祝你生日快乐！"然后问他，"你是不是在等着我说这句话？"

他说是。

我说："你应该对我说什么？"

他反问我："我应该说什么？"

我说："你说谢谢吧。"

他问我谢什么，我说："在多年前，我生了一个孩子，就是你。"

他说："你有证明吗？你能证明那个孩子就是我吗？"

除了他的出生证，我好像拿不出什么证明。可是当年才兴出生证，那会儿的证也够简陋的，他的出生证上好像连我的名字也没有，所以就是拿出来，又能证明什么呢？

记得我在一篇小说里写过这样的话："二十四五岁生个孩儿，就像逛趟王府井。"这回我就只当自己在一个春光明媚的下午逛了趟王府井吧。

不过张弛同学还是向我表示了感谢，他这句话是这么说的："小程，辛苦啦！"

74

张弛同学有句名言:"我最喜欢见到名人了。"我有一位朋友是英文写作方面的专家,我带张弛同学去见他,请他指导如何大幅度提高英语水平。我用广告语对张弛同学说:"我不是带你去见老师,我是带你去拜访名人。"张弛同学很兴奋。

这位著名的老师和张弛同学说到申请留学要准备推荐材料,他问张弛同学:"你写草稿了吗?"

张弛同学摇头,嗫嚅着说:"我用中文写一篇行吗?"

著名的老师说:"你要用英文写,不会的地方可以空出来。你要是让我给你翻译,我的感觉就不是老师而是你的秘书了。"

说完了推荐材料的事,著名的老师拿出一张A4纸,在上面开出每天要背什么,读什么,写什么,还说要检查,然后把那张纸递给张弛同学,让他回去之后好好做。我心里暗乐:这简直就是开出了治他懒散松懈不好好学习的处方啊。

我很高兴我的这位朋友做了我做不到的事情。

75

有一天张弛同学对我说:"以后我有钱了给你买宝马,给我爸买奔驰。"

我在饭桌上说给他爹听,他爹朝他冷笑道:"你不用给我买奔驰,就给我买一辆保时捷好了——就是不用汽油,全靠人力,低调环保,保和洁中间来个红漆十字的那种。"

76

在晚饭桌上张弛同学说起白天学校组织去顺义参观了一个孤儿院,中午在那里吃了一顿饭,交了五块钱。他说那里的饭太难吃了,面条也是正经的意大利面条(别人捐赠的),可是酱就没法说了,不清不爽的,味道很怪。

我说那些孩子真是太可怜了。我问张弛同学:"你捐钱给他们了吗?"

他说:"没有。如果他们把孤儿院办得好点我就会捐钱了。"

张弛同学的爹说起他去大兴参观过一个儿童村,说那里就办得不错。

他爹忽然不动声色地来一句:"谁家有养不起的孩子就可以送到儿童村去。"

我接过话头对张弛同学说:"今天你早点睡,明天坐你爹的宝来去大兴吧。"

77

张弛同学虽然中学早已毕业,但他还是经常去他读高中的首师大附中的论坛。有一天他在贴吧里发了一个帖子,版主给他加了精,他很得意地点开给我看。我看见他在留言区写了一句话:"感谢版主射精!"

我看了吃了一惊,问他:"是你写的吗?"

他点头,笑着说:"是我写的呀。"

我第一次知道"射精"这词还有这么个用法。

78

张弛同学在去美国前的假期里读《红楼梦》,以前上中学的时候好像也读过,不过没有读完。我跟他说《红楼梦》写得太好了,你必须要读一读,不然你要是跟别人谈起中国小说都没有话说。

他很虚心地听从了,捧着《红楼梦》认认真真地读。遇到捋不清的关系就来问我,我就一五一十地给他解释,谁是谁的谁,谁跟谁怎么着又跟谁怎么着还跟谁怎么来着,这件事的之前发生过什么事,这事因为哪件事的牵连才又扯出了另一件事,等等等等。张弛同学听了心悦诚服,问我:"你怎么知道得这么多啊?"

我跟他说这没什么,我就是靠这个吃饭的。

张弛同学叹曰:"你知道得太多了,你太讨厌了!"

79

有一天张弛同学忽然对我说:"我是你虚构的怎么办呀?"

我问他什么意思。

他说:"要是我是你虚构的,那么就是这条时间线里有,在别的时间线里是不存在的。"

我说这种可能性不大,因为我虚构的人物通常只是在书里,在电脑里,再有可能是在屏幕或者银幕上,迄今还没有出现在我们的真实生活里,至少我本人没有见到过。

可是张弛同学还是沉浸在这个幻想之中,他说:"那要是你一不高兴不往下虚构了,多可怕呀!"

张弛同学说台湾电视剧俗称的ON档戏就是头天写剧本第二天拍,谁出现的时候收视率高,此人就留下,相反谁收视率低,那就滚蛋。可是电视剧是一个连贯的故事,人不能凭空消失,怎么办?最简单的就是让这个角色出国呗——他说:"所以我严重怀疑我出国那几年就是你偷懒不往下好好虚构的结果。"

80

某日我和张弛同学扯闲篇,我们设想了一下张弛同学的婚后生活。因为是虚拟的,所以我们大胆地假设他娶的是一位美貌善良能干家境优裕的姑娘。我们送给张弛同学一套房,女孩那边也送给她一套房,他们挣了钱可以合资在城外买一个大别墅。作为代步工具我们给他一辆十万以内的汽车,他认为开不出去,我说那你开我那辆,我没有虚荣心,有车开就可以了。女孩那边自然也有娘家送的车。我说我们周末可以去你们的别墅里一起过,大家一起热闹一番。你们可以生两个孩子,我们可以帮你们带。

张弛同学愣了片刻说:"一辈子就这么定了呀!"他想了想

说,"真没劲啊。"

我说你可别说没劲,就这还是在世界和平国家稳定的大前提下说的,而且这还是有双方父母帮助,否则两个年轻人白手起家恐怕挣到中年也未必把这些东西挣上来呢。

张弛同学听完,咬咬牙说:"我不想过这种安居乐业的生活,如果你给我房子和汽车我还是要卖掉了出国留学。"

81

张弛同学跟我说不知是从报上还是网上看到有个孩子因为人口重新登记添加了血型一项,他父母都是O型,他是B型,于是一家人找到生他的那家医院,发现当日有五个男孩子一起出生,三个已经联系不到了,找到的那个一查,竟然就是这对父母的亲生孩子,于是这个孩子只好离开了。

类似的故事以前我好像也听说过,也不知是真的还是编的,我对张弛同学说:"我们不是十年前就说开了吗,即使把你抱错了我们也将错就错了。"

张弛同学说:"谁跟你说开了呀?"随后又说,"主要是我最近看了好多朋友家,他们都太有钱了。"

噢,原来是这样啊!

于是我对他说："你不要总想着自己的亲爸爸是做房地产的，没准是在房地产外面捡矿泉水瓶子呢，你就跟我们凑合吧。"

82

有时候我跟张弛同学言语不对，说着说着声音就高起来了。有一回他爹听了说："你们俩不是很好的吗，怎么也吵架了？"神气里有点幸灾乐祸。

我放过张弛同学转过去冲他说："我跟你才叫吵架，我跟他叫'管教小孩'！"

张弛同学听了微微一愣，一下子不吭声了。他跟我没大没小惯了，估计早已忘了自己是"小孩"了吧。

83

张弛同学经常对我说一些至理名言，比如有两天他老念叨的一句话是："麻烦都是你生出来的。"起因是他的右耳朵被耵聍堵上了。为什么堵上了？他自我诊断是外耳道狭窄。怎么会狭窄的呢？那就是我的原因啦——生得不好。

面对他的抱怨，我对他解释说："当初因为技术落后，没有设计,没出图纸,没有论证和评估,直接就出产品了,所以免不了会有些小问题。"

他的回答是:"那我不管。"

他的意思就是要我负责任。——那我就得管啊,一早起来去给他买点耳朵的药。可是药房没有,只好去医院。

为了一支仅值一元的碳酸氢钠滴耳液,我开车去了世纪坛医院,等待了近一小时,总算开上。然后是排队划价,排队领药,消耗掉了一个半小时。

什么叫麻烦?这就是一个活生生的例子。可是奇怪的是整个过程我一点也没有着急。尽管有好多别的事情等着我去做,我也更愿意在家里喝喝茶、看看书、上上网,但面对这样的奔波,我却还没有任何抱怨的意思,真是连我自己都奇怪了。我想如果我是为了自己,大概也会嫌烦,怎么为了小孩就不嫌烦呢?想来想去,结论只有一个,对消费者负责。

当晚我又听到了张弛同学对我的评点:"你把小孩惯坏了!"于是我算是懂得了为什么说"顾客就是上帝"。

84

我对张弛同学的学习表示不满,我埋怨他太不用功了,他安慰我说:"要是我生一个孩子像我这样的,那我就太安慰了。"

85

张弛同学2007年7月7日第三次考雅思,前两次他都是5.5分,因为想奋斗到6分以上,所以他还想再拼搏一次。因为在北京没报上名,所以选择去天津考。7月6日下午我陪他去了天津,天气真热啊!这一天事情还特别多,忙得喘不上气儿来。从家赶到单位再从单位赶回家又赶到火车站已经是三点来钟,一看离火车开动还有些时间,赶紧到肯德基去避暑。肯德基家乡鸡也是人比鸡多,不过比起没有这么一小块凉快地方实在也是很知足了。忙到这时候我和张弛同学都发现没有顾上吃午饭,正好在上车前可以吃顿饭。

到达天津已经是5点多,下了火车除了热还是热。好在有同事开车来接,顺利地到了新华社天津分社。

第二天早晨延续了前一天的热。一大早上出门就像进了蒸笼一样,这样的天气考试真是太残酷了。可是没辙啊,就是为考试来的,总不能不考吧?

天气热得人很难受,就是不考试都有点受不了。张弛同学终于把笔试和口试坚持下来了,我看他比高考要艰难多了,也是我陪他历次考试中差不多最难坚持的一次。

考完我去接他,在出租车里我对他说:"不管这次考得如何,我们都不考了,我宁可花一年写一本书,挣了版税让你去美国上语言学校。"

虽然我的教育方式或许是不对的,或许还是错误的,但是我已经在意志上全线崩溃了,我太看不得孩子一次又一次地参加如此残酷的考试了。

不过我也很高兴,张弛同学在中国的考试终于全部结束了,不管成功不成功,我们都胜利了。不光是小孩的胜利,也是家长的胜利。从此,我们终于可以通过金钱和父母的工作付出来为孩子的学习买单了,我们终于可以脸上露出无奈而幸福的笑容了。

第三章

赴美留学

2007年7月11日上午张弛同学去美国大使馆办签证，事前我关照他穿着整洁，镇定从容，还有就是一定诚实回答。他出来得很快，他告诉我签证官只问了他两个问题：1. 你父母住在哪里？2. 你父母是做什么的？

　　第一个问题张弛同学说自己没听清，我想也许是他因为紧张没听懂——这个问题或许太简单也太出乎他意料了吧，签证官耐心地重复了三次；第二个问题张弛同学没回答，把爹妈的收入证明递了上去。据说签证官只是扫了一眼，就给他撕了一张小粉条，他赶紧说了他会说的第一句英语："Thank you！"

　　通过得十分顺利。

　　而就在他前面就有不少拒签的。他们清华学术桥三个同学一起去签的，只过了两个。

张弛同学即将赴美留学前我跟他这么说：从现在起，我就把你交给美国人民了。以前你是玩着长大的，据说美国的小朋友也是玩着长大的，所以你具有一切在玩中成长的优势。你的想象力和创造力从来没有受到破坏和扼杀，好好发挥你的天才吧。

张弛同学回应我说："我的确是从小玩到大的，跟美国人从小玩到大没什么区别，这个是我的优势吧，可是人家是说着英语、听着希腊罗马神话玩到大的，而我是说着江苏方言和京片子玩到大的，听的故事是神笔马良、田螺姑娘什么的，所以虽然都是玩过来的，但坐在美国大学的教室里，我和人家不但有差别，而且差别相当大。"

好在他有信心。

从现在起我打算袖着手坐在墙根底下晒太阳，从现在起我就等着张弛同学给我买大别墅和大汽车，这是他答应我的，也是他主动要给我买的，我说不要还不行，他认为不给他动力。我的好朋友嘲笑我说张弛同学给你画了一个金灿灿的饼你就当真了——就算我傻吧，我打算给张弛同学这样的一个机会，就像我曾无数次给他大大小小的机会一样。

1

张弛同学于2007年8月16日乘美联航去了美国。机票是他自己订的，行李是他自己收的，美国的房子也是他自己租的。

他在博客上写道："千里之行，始于足下。我是坐飞机到美国的。"

到达之后他给我打电话说，飞机在华盛顿降落，窗外的风景和起飞前的肉眼绝对找不出任何的差别。他说："我看了一眼飞机上的钟表想，时间空间都没变，是不是我做了个出国的梦？"

2

张弛同学到的次日就去参观了学校，在MSN上告诉我他的学校UMASS BOSTON是在填海造出来的一片地上建造的，虽然每年都会下沉六厘米，却是十足的海景校园，一边上课一边看海那种。他说学校的建筑和设施非常好，是"真正五星级的"。

刚到波士顿他和三个男生一起租了一套公寓，其实是只够两个人住的，他们住了四个人。前两个礼拜没有家具，房间里空空荡荡，吃饭就坐在地上，睡觉也睡在地上。学校知道了他们的困难，租了一个大车带他们去宜家买了些家具。

他在MSN上给我写他到美国最初的感受："美国就是一个现代化的大农村。"还有："这里不太见得着人，远没有我们国际大都市北京住着那么拥挤舒适。"

3

张弛同学给我发来三张在波士顿的照片，是一位看我博客知道张弛同学的波士顿朋友拍的。这位名叫王琰的朋友和她的先生戈霖在张弛同学到达波士顿的第二个周末就带他出去吃饭、逛街。

张弛同学到波士顿这么快就认识了当地的朋友并受到如此热情的款待，他真是一个好运气的孩子。

王琰写E-mail告诉我，张弛同学租的房间非常好，是真正的"无敌海景房"；还有，张弛同学从宜家买了家具，是他自己动手装好的；还有，他还做饭给他的室友们吃；等等。总之她盛赞张弛同学的独立性。她写道："据我了解张弛同学目前还没有把学费换成宝马的计划。"——哈哈这真是好消息，简直太让我欣慰啦。

王琰姐姐和戈霖哥哥给青涩的张弛同学很多的帮助和指引。戈霖为了他能买到一辆性价比高的二手车，陪他跑了好几个周末。他们夫妻俩工作繁忙，孩子又小，为他花费那么多的时间，令我们非常感激。

王琰和戈霖还给张弛同学介绍了同样也是在波士顿上学的徐侃哥哥和他的女朋友，这些朋友构成了张弛同学初到波士顿的重要社会关系。我的朋友F医生给张弛同学介绍了一位在麻省总医院工作的张医生，连应急和医疗方面的问题也有了保障。这些朋友对张弛同学非常好，为他做这做那，给了他相当大的帮助，张弛同学总是跟我提到他们，对他们充满了感激，我也对他们充满了感激。这几位朋友都是早几年到波士顿的，他们学业有成，工作都很不错，对当地情况相当熟悉，张弛同学把他们看作自己的榜样。

4

周末我家钟点工小闵来，问我孩子呢，我说去美国了。因为她前一段回安徽去了，所以不知道张弛同学出国了。

小闵说:"你家儿子跟你真是好啊。"

我说是。

她说:"他不像是个儿子,倒像是个女儿。"

我听得大喜,夸她形容得准确。

虽然小闵不认字,但她实在是个有见识的人。

5

张弛的爹听说张弛同学到了美国做饭给同屋吃,菜端上桌子室友们都抢着吃,不屑地笑道:"他能做饭给别人吃?那饭也能吃?谁见过他做饭了?"

恰好小闵阿姨在,我还没说什么,她笑嘻嘻十分捧场地说:"我见过他做饭,你不在家的时候我看他做过,还挺有样儿呢,挺像你的!"

张弛同学的爹一听乐了,说:"他能有我的水平?"

我们异口同声地说:"那怎么可能?"

张弛同学的爹说:"我要是去给他们做饭呢?"

我说:"你去了,波士顿的中餐馆估计要给你腾位子了。"

6

张弛同学原先很怕他爹，不过他自己并不承认。去了美国之后有一天他来电话的时候他爹下楼去买菜，我们说完的时候他爹回来了，我说他爹："听见你儿子来电话，你怎么还出去了？"

他爹平淡或者说故作平淡地说："他跟你说就行了。"

我在MSN上告诉张弛同学爸爸回来了，过了一会儿他的电话又来了，他爹进房间去接，两个人聊得挺长的，很有话说的样子。我没听，不知道他们父子俩都聊了些什么。

7

张弛同学在MSN上跟我说他们有一个女同学刚到美国不久因为想家一个人到空旷无人的停车场待了好几个小时，大家找不到她，都很着急。我听了心里很难过，想到他，自然对他也很不放心。

我问他："你想家吗？"

张弛同学回复："刚来的两三天想，现在不想了。"

我鼓励他:"太好了,我就喜欢不想家的孩子。有出息的孩子怎么能想家呢?"

张弛同学回复:"是啊,我没有小农思想,我很高兴自己没有被土地束缚住。"

8

张弛同学在MSN上跟我说事情,他说同学对他说:"你随便跟父母说两句,骗他们一下不就完了吗?"

张弛同学写道:"我说我不能骗父母,一他们不需要骗,二我也没有能力骗他们。"

张弛同学又写道:"有聪明的父母对小孩来说不是好事情。"

然后他又写道——这次矛头是直接对准我的:"你坏就坏在太聪明!"

9

张弛同学去朋友家吃饭,可能是怕我看不见他着急吧,用朋友的电脑跟我在MSN上说话。那台电脑没有中文输入,他用英语,我用汉语,我们聊得跟平常用汉语对汉语一样顺畅。

张弛同学还是第一次这样直接地知道我会看英文，估计他心里蛮惊讶的。我说也许什么时候我应该去考个英语的证，张弛同学回复："你肯定能考八十分。"

瞧瞧我家孩儿对他亲妈多有信心。

10

我经常在中午12点以后还看见张弛同学挂在网上，他那里可是夜里12点以后了。我怕他睡得太晚，在MSN上催他："睡了呀宝，每天都要我叫你才睡。"

张弛同学回复："我写完作业就睡。你真烦，跑美国这么远了你还不消停。"

有一天大半夜我看见张弛同学MSN上的小人头还绿着，我问他："宝你睡了吗？"

张弛同学回复："刚睡着，又被你吵醒了！"

11

张弛同学告诉我他花八美元买了一套寝具，一条床单才花两美元。我在脑子里把两美元迅速换算了一下，不才十几块钱吗？在国内宜家一个全棉大白床单就是特价也要一百上下吧？俺家的张弛同学也太会过了吧。

张弛同学到了美国之后给我感觉明显的变化是知道节省了。他十四五岁的时候就是"鞋狂"会员，买耐克鞋都是最新款的，还有限量版啥的。后来他愿意买打九折的耐克，再后来他会去工厂店淘折扣大的，现在我估计不是便宜到放血大甩卖的地步他是绝不会掏钱的。

12

12月初波士顿下了场大雪，张弛同学在MSN上传了不少照片，打电话叫我去看，我以为是雪景呢，其实是他们几个孩子胡闹。

照片上有个男生脱得只剩一条短裤，跑雪地里嘚瑟。我问张弛同学这个脱星是谁啊，他回答是同屋。后来照片上又出现了另一个脱到清凉跑到外面嘚瑟的男孩，无疑是另一个同屋。照片上三个人只有我们张弛同学穿戴得严严实实，我觉得这孩子真是靠谱，不让他妈千里之外为他操心。一问，张弛同学正睡觉呢，是让两个同学从热被窝里薅起来的，因为一热一冷反差太大，他才穿上衣服出去的。等回到屋里，他也成了脱星，三个小子在一起比胳膊上的肌肉。

张弛同学在MSN上问我："好玩吗？"

我大度地回答："太好玩了！"

13

圣诞节快到了，我问张弛同学圣诞假期计划怎么过，他说基本就待在波士顿不动，主要是为了节省旅费和汽油费。因为找不到工作，没挣着钱，别的同学回国他也不回国了。他还说有个哥哥约他去滑雪，他也不想去。我问他滑雪要多少钱，他说八十美元，加上吃饭等等那就肯定过一百美元了。我说我支持你去，滑雪是时尚的运动。张弛同学说："我不去，一个吃饭问题还没解决的人滑什么雪啊。"

我听了甚觉惭愧，他比我有脑子，而且越来越不像我了。要我想，管他有钱没钱呢，滑了雪再说吧。何况又是朋友约，不去多扫人家的兴？当然作为家长，我是心甘情愿砸锅卖铁也要让小孩去滑雪的。我没想到的是张弛同学居然抵制住了我作为一个瞎惯孩子的反面典型的种种不良影响，自觉地成为了一个富有理性、体谅别人、肯为他人着想的人。

14

张弛同学放春假了,我跟他说你还是出去玩玩吧,你到美国留学一场,如果只在一个城市待着,不到处走走看看,其实也是浪费的,不如再浪费些旅费多增长些见识。张弛同学认为我说得很对,决定和同学去华盛顿玩。

因为旅行在外,不能随时上网,不管多晚,他一定会打一个电话给我,当然是为了让他的亲妈安心。我觉得这孩子真是靠谱,太靠谱了。

15

我跟张弛同学在MSN上闲聊聊到找对象的事,我写:"以后你找个能干的女人吧。"

张弛同学回复:"我不找能干的女人。"

我写:"你找个有思想的女人吧。"

张弛同学回复:"我不找有思想的女人。"

他又写:"我才不找像你这样的女人呢。"

16

张弛同学选的一门数学课考试得了九十六分,我马上问他是多少分的卷子,他用不容置疑的口气说当然是一百分的卷子啦,我心说只要不是二百分的卷子就好。听他说美国同学有得二十多分的。以前我们曾嘲笑过一个人,在国内数学很一般,考不及格也是家常便饭,到了外国成了"数学王子"。我跟张弛同学开玩笑:"现在你也是你们班的数学王子了吗?"张弛同学嘿嘿乐。

记忆犹新的是张弛同学高中时要参加数学会考,直到考前的头天夜里我还开车送他去李老师家补习。那时候我在石景山的古城麦当劳和李老师家外面黑暗的小马路上消磨了多少时光啊!花在家教上的学费就不说了。现在,我们的数学差不多已经达到王子的水平啦,我相信跟当年李老师家的补习肯定是分不开的。还有初中时在赵老师家的补习,估计也累积在那里呢。

真是:春种一粒粟,秋收万吨粮啊!

张弛同学的感受是,在中国半懂不懂的程度,到美国就能算是很懂了。因为国内学校里某些老师的出题思路是想办法让你错，而在国外至少他自己没有遇到过这样的情况。所以，他认为现在并不是题目简单了，而是出题的思路在常情常理上。

17

某日张弛同学在电话里跟我说前一天他们考试了，题目是老师口授的，也就是老师一边说，学生一边在试卷上写下答案。他说教授说了一个词，是他从来没听过的，比如这个词是"呜哇呜哇呜哇"，他和他班上的一位韩国女生同时问老师："呜哇呜哇呜哇"是什么意思？老师说：噢，就是stop。

张弛同学在电话里跟我说："他说'停'就完了嘛，还说个'悬崖勒马'，你说让我们这种也不是在当地土生土长的外国人怎么懂啊！"

18

张弛同学选了一门戏剧课是在剧场里上的，他告诉我老师很不错，他很喜欢。他去考试是表演一段台词，我问他考得怎么样，他说就是最后一句台词没有说利索。我想这对他已经不容易了，毕竟他是外国人嘛，所以我跟他说这就不错啦。

他告诉我说，要是用母语表演，语言上可能用百分之十的精神就够了，更多的注意力可以用在揣摩人物情感、内心活动、所处环境、当时气氛以及形体、走位等等方面，而他现在至少要花百分之三四十的精力在语句上，就这样还远远不够。

"用英语表演太难了。"张弛同学说。

舞台确实是个非常神奇的地方，全世界各个地方的舞台不管长什么样子，但只要一提"舞台"，大家都知道说的是什么。因此也总有深爱并迷恋舞台的人。张弛同学很庆幸自己很小的时候有机会去人艺看排戏，开了眼界。听说后来人艺严格了，排戏时不让外人进了，这样的机会再没有了。

19

张弛同学在电话里对我说："以前在北京也没怎么学过，也没怎么做过事，现在又要学习又要做事。"

我夸奖他："真不容易！"

张弛同学说："美国的大学是最难混的。"

我说："中国的小学中学是最难混的。你在中国混了小学中学，又去美国混大学。"

张弛同学接口说："所以我混成了最能混的人。"

20

张弛同学告诉我他的房子租约快要到期，又要搬家了。他说已经找好房子，正在找三缺一的一个同屋。他找的房子一个比一个好——方便，便宜，性价比高。他说搬家他会去租卡车自己开，他也开车帮别人搬家。他的新同屋以女生居多，我相信女孩子不会挑一个自己不喜欢的男生同住的。

张弛同学在MSN上给我写：一个男人混到同屋都是女的，也算是很成功了吧？

21

在MSN上跟张弛同学闲聊，我告诉他我跟某人论述一件事，我说我陈述了三条理由，第一条什么什么，第二条什么什么，写到第三条时我说我忘了。

张弛同学马上回复："第三条最牛！"

然后又跟他聊了很多，最后我给他下指示，我写了三条：

第一条你应该做到什么什么,第二条你应该做到什么什么,写到第三条时我懒得想了,我写道:"你自己再想一条吧。"

张弛同学回复:看看你有多凑合吧?所以跟你过就得凑合一点。

22

张弛同学一直想找一份工作,在电话里他说他一到学校就去登记做校园工作,不过没有找到。我问他有可能找到吗?他说有可能,只是不太好遇。我问他做什么,他说比如在游船上打扫卫生,比如在餐厅收钱。

我说:"如果是收钱的话你一定要收对啊。"

他说好。

我又说:"你不能把收来的钱装自己口袋里啊。"

他笑起来,回答我说:"我怎么会呢?再说每天要对账的。"

然后他告诉我,他和一个在波士顿认识的哥哥还有这位哥哥的女朋友去逛店,哥哥送给女朋友一条Tiffany的手链,一路上让他拿着。他说:"那么贵的东西我都没有拿了跑掉。"又说:"他们是考验我呢吧?"

23

张弛同学找到了一份工作,是给一家日本料理店送外卖。他告诉我每小时有三四美元底薪,如果是上午11点去,到晚上10点有四十美元,下午四点半去到夜里下班有二十美元,生意好的时候能送上三十份,最差的时候也有过送两三份。没有外卖送的时候要帮助餐馆里做些零碎活儿,比如包装盒饭或者别的事情,出去送一趟一般能挣两三美元小费,但路上花的时间和找路费的周折那就不好说了。还有一件没辙的事是遇到师傅把饭菜包错了,老板知道了会要求再重新把对的那份送过去,这一趟是白走的,因为没有小费可收,虽然老板会说"对不起"一类的话。餐馆一天有三顿开饭菜,时间和正常饭点儿并不一样。他做的这一家是十二点半一顿,三点半一顿,晚上10点一顿,赶上了就可以吃。开饭菜一般就是白菜帮子、粉条,有时有肉,还有别的菜,混在一起炒炒端上来,大家一起吃。晚上的开饭菜,你要不去抢,就没了,菜量都不是足够的,好消息是米饭总管够。所以有时候晚上只能弄到几块豆腐和一碗米饭,淋上日本酱油和七味粉吃。

我问他:"好吃吗?"

他说:"还不错。"想了想又说:"饿了什么都好吃。"

我说:"你相当于过了青年民工的日子。"

他说:"确实是,如果在北京估计没这个机会。"

24

"5·12"四川汶川地震之后,有一天张弛同学在MSN上告诉我前一天他打完工回家,在市中心看见华人在给汶川捐款,我问他:"你捐了吗?"

他说:"我捐了两美元。"

我说:"很好!我们不要因为自己穷而不去帮助那些需要帮助的人。"

他表示赞同。

25

张弛同学现在据他自己说学习非常勤奋,取得的成绩也非常不错,他在网上匆匆忙忙告诉我(因为他正在复习考试),他的英语是B+,B+是班上的最高成绩;他的音乐设计是A,表演好像也不错,下面要考舞台设计。他很有信心,说最后的成绩出来会很好看的。我觉得很好，非常好，好得没话说。

前一阵新华社国外分社社长回国开会，见到过张弛同学的几个叔叔回来都说张弛同学很好，很懂事，很可爱，温文尔雅，反正都是在夸他。我恳求他们说："请你们去对张弛同学的爹说说。"他们异口同声说："说了呀。"

我把这些说给张弛同学的爹听，他不以为然地说："人家当然是说他好啦，还能说他不好？"

我说："他就是挺好的嘛。"

张弛同学的爹颇为不屑地说："你什么时候认为他不好过？"

可不是嘛，就是他拿回不及格的卷子、作业本上尽是一道道做了一半就扔掉的习题，甚至包括他在街边小摊上吃了油炸鹌鹑校服前襟沾着点点滴滴的辣椒酱的时候我都觉得他又好又可爱。

我发现他爹还真挺了解我的嘿。

26

张弛同学假期去新华社纽约分社玩，见到社长曾叔叔，他对曾叔叔说："我妈让我问您好！"

曾叔叔马上反问他："为什么只是你妈让你问我好，你爸怎么不问我好？"

曾叔叔在北京是我们莲花苑的邻居，他和张弛同学的爹以前是一个部门的，熟得很，所以有这一问。

张弛同学显然没想到曾叔叔会这么问，他实诚地回答说："我妈说了让我问您好，我爸没说。"

27

某天随手点开张弛同学的博客，发现他居然在两个月前更新了一篇。看到里面有这样一句话——"我妈那孩子心眼儿实在"，我这么一个不说博览群书也是读过几本书的人不由呆了一下才反应过来，有管自己亲妈叫"那孩子"的吗？这么别开生面的句子真让俺开了眼了。

张弛同学在这篇博文里回忆了他平生第一次坐飞机的往事，他写道："四岁的时候不懂事，缠着我妈要坐飞机，我妈那孩子心眼儿实在，以为小孩要什么就是想到一定份儿上了，就答应了，然后我就平生坐了第一回飞机，说实话现在还是有点记忆的，所以我妈当年那四百块人民币没白花。不过坐之前还被航空公司请去一啥啥大酒店住了一住，真是不好意思。想当年人家服务多好……"

他有一点说得非常对，就是小孩要什么我都认为是特别想要，等于上升到"心愿"的高度了，所以自然是有义务有责任帮他实现。怕他爹知道了会骂，我们家里有许多迄今未申报的东西：随身听，最早的带录像功能的手机，电子游戏机，多种游戏软件，还有我不太弄得懂的一些电子产品，各种版本包括限量版的耐克鞋，以及我忘记了的东西。我看过一个电视片，说有一个原始部落，里面的人生活得和谐幸福，最关键的一点，是每个人都把满足他人的愿望当成自己的责任和义务。面对张弛同学，我基本就是原始人类，甚至比原始人类还要原始人类。感谢张弛同学手下留情，没有对此充分利用，不然他大概足可以贩卖我绕地球八圈甚至八圈以上。

记得那次带张弛同学乘飞机，不知什么原因飞机不能起飞，航空公司用大巴送我们去了一个至少四星级的饭店休息。我和张弛同学有一个房间，记得我们吃了一顿免费的午餐，张弛同学还用房间里的电话给他爹打了一个免费的电话，他还在铺着雪白床单的松软舒适的大床上睡了一个免费的午觉。下午我们又坐大巴去机场，才算乘上了飞机。——这一通折腾让我疲惫不堪，因为一路上我都得抱着一个只有四岁的宝宝。

28

我和张弛同学通电话,我在电话里对他说:"在我梦里你都是小孩子的样子,你长大了,可是我做妈妈的这个系统没有跟着升级。"

张弛同学说:"那是因为你长时间没看见我,没有视觉刺激了。"

我想他说得对吧,可能就是因为长久缺乏视听享受吧。

我说:"看来我这套系统需要刷一下了。"

张弛同学说:"我替你放在官方网站上刷,而且一小时不允许碰主机。"

29

有一天我梦见张弛同学有个兄弟,是我生的老二,十六七岁的光景,长得比张弛同学线条硬朗一点,没有张弛同学好看。在梦里我悄悄地想,其实我还是更喜欢张弛同学一点,这个是没有办法的事儿。不过我只是放在心里,即使在梦里也没有说出来。

第二天我在电话里告诉张弛同学，他听了大笑，说我思想意识有问题。我承认我有问题，《红楼梦》里说天下的父母都是偏心的，原来我自个儿也不例外。

我非常庆幸的是没有当真去生那个老二，否则肯定又是做了一件吃力不讨好的事情。

30

某一天我又梦到张弛同学，他只有一两岁那么大，我抱着他在路上散散漫漫地走。我不像抱孩子那样抱着他，而是他脸冲外，我就像小孩抱洋娃娃那样抱着他。在梦中我这么想：他还是给我长大了，都十七岁了。醒来之后想着这个梦，很是迷茫了一阵子。

其实张弛同学连十七岁都过了，我分析自己，潜意识里大概就是不愿意孩子长大，更愿意他还是一个小娃娃，可以让我像布娃娃一样抱在怀里。

告诉张弛同学，他在博客上写：程青太可怕了，老是假装用做梦的方式来陈述自己的想法，有些甚至还是潜意识里的想法，别人呢还不能反驳，因为她是在做梦啊。

31

张弛同学说到他在波士顿的两个好朋友:"他们新买了一辆车,就是为了他们儿子的小座椅放在里面不那么拥挤。"

张弛同学说:"他们有了好工作又去读书,还想换更好的工作,两个人特别辛苦,就是为了一个小ABC!"

我说:"我和你爹在学校里分头挑灯夜读的时候还不知道是为了你呢。"

32

我的一个朋友跟我闲聊时说:"有的女人特别想结婚,只差在脑门子上写上'嫁人'两个字了,让男人很害怕。"

我反省自己,我不记得自己从前有没有在脑门子上写着"嫁人"两个字,要是写过,那也早就擦了,现在脑门子上写着的两个字无疑是"孩子"。

我把这段话说给张弛同学听,他嘿嘿地笑,说:"等我去照照镜子看看写了什么,是不是'no money'或者'no women'啊?"

33

张弛同学跟我在MSN上聊天，有时我觉得要说的话太多，写着太慢，我们就通电话。我们经常一打电话时间就很长，有一次我一看电话机，屏幕上面出现的是个位数，才知道一个小时已经拐弯了。最近电话机的显示有问题了，打多长时间也看不出来。

我不知道怎么跟张弛同学那么有话说，而且我们不时爆笑，如果在外面那样笑法显然是不够文雅的。

有一天我在房间里和张弛同学通话，他爹在外面客厅里听了，说："我就听你在笑了。"

好在张弛同学用电话卡打过来非常便宜，不然这一笑也很值钱了。

我想到一个问题：不是说父母和孩子之间都有代沟吗？我和张弛同学的代沟呢？

我跟张弛同学说："我老跟你混，思想方式都跟你这一代人差不多了。"

张弛同学说："那你以后出去可以说自己是80后女作家了。"

34

某天我正开着洗衣机,听到电话铃响,赶紧跑过去接。等我拿起电话,铃声已经响了许久了,我也没顾上看来电显示,只听电话里一个很有文化感的深沉的男人声音对我说:"程青,知道我是谁吗?"

一时我还真没法判断这个人是谁。

我问:"您哪位啊?"

对方说:"你猜猜。"

在洗衣机的隆隆声中我说:"我猜不着。"

那人说:"你连我都不知道,那你要道歉。"

我说:"我真不知道您是谁,好吧我道歉。"

电话里传来一阵猛笑,说:"好啊,你连我都听不出来,你居然连我都听不出来……"劈头盖脸把我一顿说。

当我反应过来电话那头是我亲生的儿子,我真是羞愧万分无地自容啊!

我说他:"谁让你叫我程青的?"

张弛同学对我的抨击还没有完,他说:"哼哼,你还说自己是一个伟大的母亲吗? 自己小孩都听不出来!"又说,"叫你道歉你就道歉啦，一个女人怎么可以这么不矜持？"

35

有个好友说如果不认识我，他以为我写书就是用笔写啊写的，也不会用电脑，也不会用手机什么的，当然也不会开车了。

我跟张弛同学一说，他马上接着发挥说："写的手稿也找不到了。"

我问他："那怎么成作家？"

他说："后来找到了，一起发，架不住多，混个脸熟，就出名了。"他继续发挥说："手稿被收废品的发现，他经常上门回收卖不掉的书跟出版社熟，拿去出版了，你不用出门，坐在家里就成作家了。"

哦，一个天上掉馅饼的故事。

36

张弛同学一大清早在MSN上叫我：小青程。这三个字以这样的次序出现，我这块老姜也是头一回看见。

37

一天我看见张弛同学的MSN上写着"头疼"两个字,心里很着急,问他怎么回事,他半天没有回复,我一直焦虑着。好容易等到他出现,他说他出去看戏了,刚回来。我说你头疼好点了吗?他说噢,我都忘了。然后我们说了些别的,我就把这事忘了。

隔一天在MSN上又看见他,他说头又疼了,这回好像是牙疼引起的,可能是长智齿。我叫他去医院看,他说正在吃药,等两天再说。

又过了两天,我问他头疼好了吗?他说头疼,脖子疼,我问他怎么啦,他说汽车让人追尾了。我问长问短了好半天,让他留心观察。好在观察了几天在逐步好转。

我回过头来想到他MSN上那"头疼"两字,心里迷信起来,叫他赶紧删掉,写点吉利的。他立刻就听从了,不一会儿,"头疼"两个字消失了,出现了新的两个字——"发财"。

38

摘录一些我和张弛同学在MSN上的对话片断。

我：咱家冰箱上就有"To be, or not to be：that is the question"这句话。

张弛同学：啊，是吗？

我：朋友去英国在莎士比亚故居买的磁吸贴片，我贴在冰箱上了。

张弛同学：呵呵，你会找地方。

我：每天我去开冰箱就是这个大问题。

张弛同学：以后有关莎士比亚的作品你可以直接跟冰箱探讨了。

39

张弛同学：据说今天多一个小时免费送给大家。

我：改冬令时了？

张弛同学：对，但不确定。我糊涂，遗传的。

我：糊涂就遗传的？那也是遗传你爹的。

张弛同学：糊涂你怎么也跑不了。

我：别什么好事都赖我。

张弛同学：你说假如我被骗了，礼拜一会不会迟到一小时啊？

我：会。

张弛同学：你太了解我了程青同学！

40

我：你早点睡，明天上学就不会迟到了。

张弛同学：可是早点睡不解决时间的问题啊。

我：你可以提前一小时去。

张弛同学：然后发现全校就我一个人！

我：你不用来绕我，我是学过数学的。

张弛同学：在瑟瑟的寒风中发抖……

我：小的时候我做过很多的难题，现在知道去月球是必须坐船去的……

张弛同学：然后骂娘。

我：骂爹好了。

张弛同学：哈哈哈哈哈，被你发现了！

41

我：等你回国前记得给亲朋好友买礼物。
张弛同学：我记得呢。
我：该花的钱要大方。
张弛同学：嗯，是的。你真开明。
我：是啊，哈哈，难为你认我。
张弛同学：也是遇上我算你的福气！

42

在说到我对孩子的态度时，我们有如下对话。
我：我态度从来好。
张弛同学：呵呵，没钱态度还不好怎么办啊？

43

张弛同学：回去要洗牙了。
我：好的，回来小船坞。

张弛同学：小船坞是什么？

我：洗。我选错词条了。五笔字型跟洗一个打法。

张弛同学：好，等回去小船坞吧。

44

张弛同学在MSN上跟我说要商量一个事情，他说下学期上摄影课要买个相机，我说你需要就买。

张弛同学：你还是很通情达理的嘛。

我：如果你回头买了不喜欢了就自己处理吧。

张弛同学：这个没什么不喜欢的。连你我都喜欢，敝帚自珍了。

我：就会说好话！

张弛同学：以后给你拍点照不就好了。

我：我都老了，拍照不好看。

张弛同学：谁说的，好看好蓝！

我：我又不是大海。

张弛同学：以后我爸去养老院，我就养着你，见天给你拍照，拍得你跟明星似的。

我：你肯定得养着我，拍成明星倒算了。

张弛同学：不光照片，还有动态的呢，给你直接来个纪录片。

我：你买吧，为买个相机说这么多好话不值当。

张弛同学：哈哈哈哈哈！

这里要交代一下他爹去养老院的背景。张弛同学某天给我打电话，说他爹在几年前曾当着他的面说将来老了要去养老院，他认为他爹的这句话伤害了他稚嫩的小内心。

张弛同学这么说："他可以说中国的养老制度还是很不错的嘛，不需要麻烦小孩也能养老，他不能说自己老了就去养老院，好像我不养他似的。"

聊到这里，我高声问坐在厅里看电视的张弛的爹说："你是不是跟小孩说过要去养老院的？"

他爹说："是啊，老了不去养老院去哪里？"

我说他："你不会跟小孩说说好话让他养你？"

他爹回说："那我还是跟养老院说说好话吧。"

我把这些对话在MSN上告诉了张弛同学。

张弛同学写道："这话怎么能和他说呢？我就是调侃一下，哪能真的不养啊。"

我回复他："哈哈，他知道的，他喜欢听的。"

45

某一天打电话和张弛同学谈到钱的问题,我说:"钱有了就不算什么,就是花的事了。"

张弛同学说:"是啊,别以后有了钱后悔说以前都是累过来的。"

我说:"不要说为了钱克扣小孩就好了。"

张弛同学说:"呵呵。"

我问他:"我们没有为了钱克扣你吧?"

张弛同学说:"没有没有。"

我说:"那还好。"

张弛同学说:"因为本来也不多,怎么克扣啊?"

我说:"要是本来不多还克扣……"

张弛同学说:"哈哈,那就没法活了!"他又说,"我钱上面算懂事的了。"

我说:"是啊。"

张弛同学说:"我们有些同学家里也没什么钱,还乱花。"

我说:"所以好些看我博客和微博的家长都奇怪你怎么这么懂事。"

张弛同学说:"这个没什么奇怪的,穷人都懂事。不是说'穷人的孩子早当家'嘛。"

我说:"这个金钱观是怎么形成的有些家长不明白。"

张弛同学笑着说:"正常人还被质疑了。"

46

张弛同学出国留学受到亲戚朋友的支助,我对他说滴水之恩当涌泉相报,将来有机会一定要报答他们,他十分痛快地答应了。

我有几个好友没有孩子,或者孩子太小,我对张弛同学说将来你要照应他们,他们需要你的时候拜托你一定尽心尽力,他也同样十分痛快地答应了。

后来我又结识了一位好友,这位朋友没有孩子,我对张弛同学说:"将来如果需要,麻烦你也照应一下他吧。"

张弛同学毫不含糊地答应。

47

张弛同学在电话里告诉我他开车拿了一张罚单,我说人没事就好。

张弛同学记录了这段在美国开车第一次吃罚单的经历：

那次我看见了stop sign（停车标志）放慢了车速，没有停太稳就开了过去。突然瞥见旁边有一辆车，是警察叔叔，我马上吓得一身冷汗。心里想，好可怕，差一点啊。正想呢，后面警灯亮了，警察叔叔追了上来，示意我靠边停车。我想起别人对我说的被警察拦下的八要八不要，照做了。可是别人没教我要把窗户放下来，警察叔叔和我比画了半天我才明白。然后就收到一张一百美元的罚单。一看数字我急了，说："我是第一次，怎么这么贵？"警察叔叔说："你可以去法庭申诉。"

我把罚单寄回了市政府，从春天等到了夏天，回信来了，叫我去出庭。那天我正巧肚子疼，但我还是忍着痛起个大早去了法庭，等了半天，终于轮到我了。进去一看，是位女士，似乎不是法官，而是交通局的人，后面还坐着一个州警。她问我："你停车了吗？"

我说："停了，但是时间很短，可能从车外看还在移动吧。"

这位女士又问我："你拿驾照多久了？"

我回忆了一下,想半天不记得中国驾照是哪天拿到的了。

这位女士提醒我说:"在麻州。"

我回答:"不到一年。"

她马上带点讽刺地说:"不到一年就拿罚单了啊?"

完全是大人教育小孩的口气。哥哥我十九岁,的确是还有点嫩,没说出话来。

她又说:"你以后还来吗?"

我说:"啊?"

她就说:"以后你不来这个地方(指交通法庭)了吧?"

我马上明白了,赶紧回答说:"不来了不来了。"

然后她就帮我把罚单画掉了,此事给我印象深刻。

张弛同学在电话里对我说,他们还真是以教育为主。

48

张弛同学在MSN上跟我说,他选了一门中国文学课,他写的论文是关于张爱玲的《烬余录》和丁玲的《我在霞村的时候》,我说这都是复杂的战争与女性的主题,而且里面的立场和表达都很另类，与文学的主流和流行于市的认识出入很大，甚至是格格不入的，也真难为你能写这样的评论。

张弛同学还告诉我一起选课的中国同学都写的是祥林嫂，我笑说："他们在国内读书上语文课都读过这篇小说，跟祥林嫂比较熟，写她很正常。"

49

张爱玲的《小团圆》出版，我和张弛同学聊到张爱玲，他盛赞张爱玲写得好，尤其是人情冷暖一针见血。他认为张爱玲除了本人的天才，她的文学成就还得益于她的家庭背景，如果不是出生在那样一个家庭，要成为这样一个张爱玲恐怕很难，甚至根本没有可能——我对他的说法深表赞同。

张弛同学说："要了解社会了解别人是怎么一回事，就多读读张爱玲。"他话锋一转说，"不过我写了一篇文章，说张爱玲写小说脸谱化。"

我问他为何这么说。

他回答说："张爱玲小说中出来一个人就是坏的，除了她自己和朋友，没有一个是好人，这还不是脸谱化呀？"

我笑，我说这我倒是没看出来。

他带着由衷的佩服说:"她下笔太狠了。"

我真没想到像张弛同学这样的年轻孩子天然就会喜欢张爱玲,说明写得好的作家是穿越时代的,我当然也很高兴自家孩子读得懂这样一位好作家。

一高兴我跟张弛同学聊起了张爱玲的散文,他说他很喜欢,但读得不太多,我正好可以在他这位小朋友面前卖弄一下。我拿起手边的一本《张爱玲文集》给他推荐,我说你读一读她的《天才梦》《更衣记》《公寓生活记趣》《私语》《我看苏青》《姑姑语录》,这些都写得极好。你读过的《烬余录》也是我特别喜欢的,我觉得这些都值得反复读。还有,《夜营的喇叭》我也很喜欢,写夜营里深夜飘过来的喇叭声,似有若无的,简直就像人生和未来的不确切。还有《气短情长及其他》也很有意思,都是些小片断小感悟,非常好读。还有《双声》也好,写她跟貘梦的交谈,好多是女人之间的私房话。貘梦也就是炎樱,张弛同学说知道她,斯里兰卡人,是张爱玲的好朋友。我说有一篇《炎樱语录》也特别有意思,比如炎樱说:"每一只蝴蝶都是从前的一朵花的鬼魂,回来寻找它自己。"炎樱听有人说本来打算周游世界,特别是想看看撒哈拉大沙漠,偏偏遇到打仗了,她就说:"不要紧,等他们仗打完了再去。撒哈拉沙漠大约不会给炸光了的。我很乐观。"张弛同学听了哈哈笑，表示要读一下。

我还特别跟张弛同学说到了《散戏》那一篇，那是写一个名叫南宫婳的女演员散戏回家，她走在剧院和家之间，张爱玲这样写："黄包车一路拉过去，长街上的天像无底的深沟，阴阳交界的一条沟，隔开了家和戏院。"张爱玲笔下的南宫婳是个天才的艺人，但是上了一点年纪，她结婚十年了，儿女不小，和丈夫早已经不是恋爱时的情形了，等等，寥寥几笔勾勒出一个青春流逝，又恰恰是吃青春饭的女艺人所处的人生状态。最触目惊心的是在这篇文章的最后，居然不是写南宫婳本人怎样怎样，甚至也不是写她的内心活动，而是别开生面地写了她经过的沿街店面全关门了，只有一家新开的木器店还是灯火辉煌，两个店伙计正在给一张镜面油漆大床铺床，他们拉开鹅黄锦缎绣花床罩，在床上摆放两只并排的枕头。张爱玲这样写："难得让人看见的——专门摆样的一张床，原来也有铺床叠被的时候。"写到这里几乎是戛然而止，张爱玲没有写南宫婳想到了什么，我觉得她最容易想起的可能就是自己经历的情爱和戏里的情爱，最骨子里的，当然是男欢女爱——那些都是她以往的好年华。读到这里能让人隐隐地感到人生如戏，戏如人生，生如夏花，死如秋叶，花开花谢，似水流年，流水落花春去也，等等，却又是那样不着痕迹。

文章写到末了，只有淡淡的一笔，说南宫婳在窗外站了一会儿，然后继续往前走，很有点掉眼泪的意思，可是已经到家了。——真是连感叹都让人感叹不出来。

张弛同学很认真地听着，我说一句他答应一句，他说会把这些文章都好好看一看。我觉得能跟他谈谈这些真是愉快。

张弛同学也很得意，他说我终于意识到了他的过人之处——就是他不懂的东西，还能装得像懂一样。而随便换一个小孩，父母跟他们谈这些，恐怕是要嫌烦的。他说实际上他是真的有兴趣，也真的喜欢，所以跟我真的是很有共同语言。张弛同学还说喜欢文学艺术是天生的，跟谁有共同语言也是天生的。我让他去照一下镜子，他说他的确在镜子里看见了一个文学青年的嘴脸。

50

张弛同学告诉我他选的中国文学课的老师特别好，上课的气氛非常宽松。他这样对我说："现在我在班上太牛了，老师说个什么，我摇头，这一部分他就不讲了。我喜欢的老师就多讲讲，然后让我讲讲，他还老看着我问我：你还有什么添加的吗？"

我问他:"老师知道你是作家生的吗?"

他说:"现在知道了。"

张弛同学说他的这位老师是哈佛毕业的,给他上课的好几位老师都是哈佛毕业的,上课之外他们还在哈佛做研究,水平都非常高,而且还都非常谦虚。

我对他说:"你也要特别谦虚才好。"

他认真地回答说:"我知道的。"

随后我建议他:"老师让你也讲讲,你不去分他工资吗?"

51

跟张弛同学聊文学作品,我说:"有一些作品纯粹是模仿的,几乎是从别人的作品脱坯下来的,实际上是伪品和赝品,如果用建筑打比方,就是豆腐渣工程,遇到地震一震就碎成一堆,里面连钢筋都找不到。有一些作品作者掌握了一定的写作技巧,也有一定的创造力,但是因为急着要出名、要赚钱、要捞取政治资本等等,投机取巧,哗众取宠,不按照文学作品内在的逻辑发展,而是怎么吸引眼球怎么来,情节跌宕,跟八爪鱼似的四处伸展,但却缺乏艺术作品本身应该具备的精神内核,缺乏率真和震动人心的力量。同样如果用建筑来打比方，就像本来应该放进三百根钢筋的，只放了三根钢筋，还编出花来，让人眼花缭乱。有些没有自己的艺术观或者审美趣味不高的人很容易被这类东西迷惑，以为是读到了什么了不得的好作品，艺术品位也很容易被这类东西拉低，这是很糟糕的。这一类东西同样是仿品，但却是'高仿'，识别起来有点难，有时候是相当难，连一些所谓的成熟读者都有可能会上当受骗。"

张弛同学说："可不是，真正懂艺术是一件很不容易的事，而且艺术在不时创新，需要感受和领悟的能力跟得上。如果艺术真是普及得谁都懂，那恐怕也就不是艺术了。"

52

有一天我们说到家庭教育，张弛同学说："家庭教育我觉得太重要了，这种教育一开始看不出来，但小孩慢慢成长，效果就显出来了。"他又说，"比如文学方面我觉得自己自然而然就入门了，起码那些作家的名字是熟悉的，很多人的作品都是看过的。我听人在说××，他的小说我太熟悉了，去年刚看了他主要的几本，把他的感觉全拿住了。他的东西看起来很黑暗很无奈，刨去题材也没有太多东西。"

我跟他说偶尔或者经常我们某个作家成名并不完全在于他（她）写得是不是特别好，还在于比如沾了题材、概念、政治、影视、人际等等的光。对出名来说，这些很重要，非常非常重要，甚至重要到超过了作品。——当然，说到底，文本本身不会因此而增值。尤其是在历经了时间之后，文本可能就像一瓶开着盖子的酒全部挥发了，也可能像一坛保存得很好的酒越来越醇香，而作家最终还是得靠文本说话。作品有分量，作家才真正有分量。

张弛同学说："我怀疑我的阅读品位是被你的舆论导向影响的，我不知道究竟是自己的东西还是完全受你影响。"

我说："你放心，你会慢慢摆脱我的影响。你有留学的经历，取东西方两边文化之长，你更加全面，会更上一层楼的。"

53

在网上看到高考"八股文"竟能得到高分，我对张弛同学说："真庆幸我当年不写八股文居然也能混入好大学。"

张弛同学说："我庆幸自己不会写八股文能上更好的大学。"

54

张弛同学在电话里告诉我,他上表演课,他演奥斯卡·王尔德的《真理的重要》得了满分一百分。不久,他和我说他想演布莱希特的《四川好人》,找不到搭档,我建议他几个角色都自己一个人来演。我告诉他,某年我在上海看过一个小剧场的《鼠疫》,全剧就是一个人演的,相当精彩。张弛同学说他也想到了,但难度太大。我说那不是有难度才有挑战吗?他说再想想吧。过了几天他告诉我,他一个人演了六个角色,得了九十六分,全班同学为他鼓掌一分钟。

说到奥斯卡·王尔德,我顺手向张弛同学推荐他的《狱中记》,之前我已经把书中精彩的段落用红蓝铅笔画了线,让张弛同学回来时看看。张弛同学跟我说他很早就喜欢奥斯卡·王尔德,他这样说:"奥斯卡·王尔德的生活和剧本都是出其不意的,而且从来不重复。就算穷贵族,也有贵族样。黄瓜都买不起了,还要喝最上等的红茶和酒。他真的是特别不一样。"

我说:"他很有才,可惜他的人生就是一个地道的悲剧。"

张弛同学说:"他写的有些我确实是看不懂。"

我说:"也许正是因为看不懂,才更加觉得他好。"

张弛同学说:"所以小资出现了,哈哈!"

55

跟张弛同学在MSN上聊天,我告诉他出去遇到谁谁问起他,张弛同学:"我知名度这么高啊?是不是你总跟别人提我呀?"

我:"我没有,是人家主动问起你的。人家要是不提,我都忘了生了个孩子这么回事了。"

56

张弛同学要过二十一岁生日了,二十一岁在美国标志着成年,用张弛同学的话说是"可以买酒,进各种声色场所,汽车保险也减,没什么限制了"。按照惯例我们讨论送他什么生日礼物,我对他说我送一门课给你吧——一门课要三千美元,折合人民币两万块,还算拿得出手吧。可是张弛同学不要,他说:"那钱花得多痛苦啊!"

57

　　张弛同学在MSN上跟我说：我星期天过生日。

　　我：我知道，提前祝你生日快乐！

　　张弛同学：你怎么知道？我记得没告诉过你我的生日啊。

　　我：我在新闻里看的呀，报纸和电视里也在说，热搜上也有了呢。

　　张弛同学：是吗？

　　我：是啊。

　　张弛同学：很好很好！

　　我：媒体头条都是"张弛同学过生日，各路人马庆生，通宵达旦，热闹非凡"。

　　张弛同学：你是不是喜欢我啊，一直看我的报道？

　　我：我很崇拜你的！

　　张弛同学：崇拜我的人很多，你算是年纪比较大的。

　　我：稍等，有电话。

　　张弛同学：哦，还是比较忙的。

　　我匆匆接了个电话。

　　张弛同学：电话这么快？

我：是的，人家那边挂了。

张弛同学：哈哈哈哈哈。

58

据张弛同学自己说他在美国学习非常努力，我把这话跟他爹念叨，他爹通常的反应是反问我一句："你看到的？"我当然没有看到，我也没长千里眼，就是长了千里眼，到美国的直线距离也不止这个数，所以总是被他一说就理屈词穷。可是跑去和小孩一聊，又信心百倍——就像是看股评家的文章，就看你看谁的听谁的了。

出于"自家小孩好"的心理，我觉得张弛同学真是很不错。有时我忍不住对他说："你不要太用功了，别太累，慢慢儿学，能混下来就不错了。"

可是张弛同学这样回答我："我得认真了，我得学得特别好才行。"

等等等等，反正都是上进的话。他告诉我现在他学表演，这门课上除他之外都是美国本国的学生，不仅没有外国人，也没有非白种人。

对于表演来说，如果不是用母语，那实在是太不容易了。

所以，我很庆幸在张弛同学十九岁的时候把他送去留学，而不是在他二十九岁的时候才送他去。在这里我要特别对那些宠溺孩子到非理性、肯为孩子做一切的家长说一句：如果你觉得孩子出国留学是个好选择，那一定在他合适的年龄送出去，不要延误。——当然，学成之后可以随时回国啊。

现在，我们家里的人和我的朋友都认为张弛同学出国读书这条路是走对了，而当初，至少有一半以上的人是不赞成的，可能有更多的人是不看好的。

59

学期结束了，张弛同学心情很振奋，他每门功课都是优秀，关键是放假了，可以玩一段了。我问他高兴不高兴，他回答高兴。我说你过得高兴我就觉得赚了。花那么高昂的学费要是还不高兴，那岂不是太亏了？

张弛同学告诉我明天学校里有两个party，有吃有喝的那种。刚开学的时候学校里就有好多party，这是美国高校的一个传统，就是为了让学生们玩高兴了，能更好地融入校园的学习生活。我曾在网上看到新闻说马萨诸塞州立大学为了庆祝学生返校，厨师们架起了一个重一吨、直径近四米多的平底锅，煮了一锅丰盛的海鲜大餐。张弛同学说，除了海鲜大餐，有的时候是烧烤，也有的时候是巨型比萨饼。我想他大概就是被这样的氛围感染热爱上学习的吧。

我说："你们学校真的太好了，听着就像幼儿园。"

我还说："孩子们就应该吃吃喝喝玩得开心才好，不然那学上得多郁闷啊。"

60

两三年前我跟张弛同学一起和我的一位朋友聊天，这位朋友是一位英语方面的专家，他这样说："有人说用外语学习别国的知识和文化要落后人家本国人十几年，因为先要花大量的时间学习语言，而且不是母语理解起来总是有一定的差距和出入……"我忘记了后面我们的谈话内容，不记得我的这位朋友往下是怎么论述的。

某天张弛同学忽然又想起了这句话，对我说："实际上用外语学习并不比用母语学习落后十几年，比如像我这样，出国这两年感觉实际上是中文英文两个世界一起走，我觉得学到的比我不掌握英语只用一种语言学要多得多，而且眼界的开阔更是没法估量。"

61

张弛同学想自己写一个戏,他有好多种构想,也经常会有一些随机产生的小灵感。有一天他说发现美国的宜家和中国的宜家非常相像,甚至连货品和摆放的格局都是一样的。

他说:"我进了宜家就有一种恍惚感,似乎从大门出去就能到北京了。"

我说:"那你可以拍一个戏,几个人进入美国的宜家,然后就从中国的宜家出来了,片名可以叫《从宜家回家》。"

张弛同学听了兴奋起来,说:"最好是四个同学,坐一辆车开进宜家,出来还是相同的一辆车,还是这些人,但场景是北京,就好像是一种时光通道一样。"

他说了好多他想到的发生在宜家里面的故事和细节,总之是时时处处都指向"家"这个概念。他设想的情节都是影射的,讽刺性的,冷酷的。在我们的想象中那可以拍成一个黑色幽默的短片,令人捧腹大笑,或者是欲哭无泪的那种,肯定不是甜得跟奶油糖似的调子。

说完了片子的构想之后我说他:"你是因为太久没有回家受了刺激了吧?"

张弛同学说:"是啊,咱们都想到从宜家进去再直接从宜家出来了。"

我说:"是啊,我们都疯了,哪有这么走捷径的便宜事?"

我们一边说一边大笑,我都笑出了眼泪。

62

张弛同学两年没有回来了,我的一个好友听说他这么久没有回国,说我:"是不是你没有给他回国的机票钱?"

我说不是,他账户上有钱,是他自己为了省钱第一年放假没有回来。他说美国暑假可以选择上学,暑假的学费比平时的便宜很多,而且就算回国,在美国生活费的大头——房租还是要交,留在美国上学是最划算的选择,所以他没有回来。用他的话说,一省了机票,二省了回国的花销,三还省了昂贵的学费。

我的这位朋友听说张弛同学打工送外卖,他说:"他看上去很稚嫩,没想到他这么懂事。"

他又说:"他跟我的经历很相似,我留学的时候也出去送外卖,那时候没有钱,我有七年没有回过国。"他表示要送张弛同学机票作为礼物,让他这个暑假一定回来。

63

张弛同学接受了我这位好友给他的这份礼物——为了省钱张弛同学在订机票的时候好好动了一番脑筋，他选择了一条迂回曲折的线路，先从波士顿飞纽约，再从纽约飞香港，再从香港飞北京，他算下来这样走他能买到的机票是最便宜的。然后他向不同的航空公司询价，据他跟我说，他先问一家航空公司最低可以给什么价，之后他打电话到另一家，用前一家的最低报价压价，一番折腾之后，终于和某一家谈成了。

张弛同学买到了他认为是非常便宜的机票，他跟在凤凰城工作的我的好友Fuyu通电话，Fuyu说："真不错，不过这一趟行程你可能会很累。"

张弛同学说："阿姨，我是学生，我得省钱。再说了，我花更少的钱飞更多的里程，我觉得挺值的。"

Fuyu听了笑说："你这个想法不错，就跟没坐过火车的农民喜欢坐慢车是一个道理。"

张弛同学在电话里也跟我感慨说："你说飞机飞得路线长还收钱少，这是什么道理？难道不要多费燃料、多消耗食品、多占用空间和服务吗？"

我说:"航空公司有自己的算法。"

张弛同学继续说:"反正要是走的路多还收费少的话出租车是绝对不肯绕道的。"

64

2009年5月27日晚我去首都机场3号航站楼接张弛同学,那是我第一次开车去3号航站楼。我车里没有GPS,那时手机导航还没有普及和流行,我到的时候已经快九点半了,比预计的时间晚了二十多分钟。我没有在出站口接到张弛同学,而是听到人堆里有人叫我,一扭头,看见不是别人,正是自家的宝宝。

张弛同学戴一顶棒球帽,穿一件阿迪达斯的白T恤衫,上面写着"I love Beijing"几个大字,第一眼看上去瘦了许多,尖尖的一张狐狸脸,就像是在葡萄园里散步散了很久没吃着葡萄的样子。

我指着边上坐在行李车下面的一个长着一张小尖脸的七八岁的外国小男孩对他说:"你怎么跟他差不多?"

张弛同学说:"没办法,飞了二十多个小时,加上路上折腾得有三十多个小时,太累了,以后有钱了不这么飞了。"

65

两年没见到张弛同学，见了他我劈头就说他："这两年你都跑哪里去啦？"

他笑眯眯的，不说话。

我觉得这么说很痛快，很能表达我当时的心情。

记得很早以前读过《读者文摘》上一篇文章，说一个十几岁的男孩在家准备好了晚饭，那天是感恩节，有一道菜是小泥肠，他的父亲一看没有芥末，说："小泥肠怎么能没有芥末呢？"他让男孩马上出去买芥末。外面天寒地冻，但是父亲脾气暴躁，说一不二，他没有办法，硬着头皮出去了。天太晚了，店铺都关门了，他知道回去免不了挨一顿打，于是就离家出走了。十六年后，这个当年的小男孩从外面回来了。还是在感恩节这一天，他手里拿着一支芥末，敲响了家门。是他的父亲开的门，当这位上了岁数的老父亲认出眼前的来人，他气恼地抱怨说："一支芥末你买了这么长时间！"说着，就像十几年前一样，伸出手劈头盖脸给了他一个大巴掌。

这一巴掌的确意义非凡，十六年的时光，以及时光中的种种辛酸就让这一巴掌给扇掉了。

真是百感交集啊。

66

见到张弛同学我仔细端详他,发现他跟两年前几乎是一模一样,甚至都没有一点长大的痕迹。他上了车,把鞋一脱,盘着腿十分放松地坐在副驾驶座上,就跟从前我去首师大附中接他回家时别无二致,让我顿时产生了时空上的恍惚感。

我说:"好像这两年根本就没过似的。"

他接嘴说:"回家复习复习再准备参加高考。"

到了家里,他看家里的摆设完全没有改变,甚至连他走之前放在书架下面的一瓶枫糖、一罐茶叶、两个乒乓球还有一个麦当劳快乐儿童餐的玩具都没有改变过位置,只是上面落了尘土。他打开柜子,发现他走之前的一盒没有开封的丹麦牛油饼干也还是没有开封继续斜斜地躺在那里,只不过上面保质期写的是2007年,而不是2009年。——两年的时光就这么保留着,虽然有些东西已经过期。

他十分惊讶地问我:"这两年你们是怎么过的呀?"然后说了一句跟我一样的话,"好像这两年根本就没过似的。"

67

张弛同学兴奋地打开电脑,拉我看他的成绩。上个学期他选了六门课,三门是Ａ,两门是Ａ−,一门是Ｐ(通过,这门课只分通过与不通过)。用他的话说就是全部进入了Ａ的行列,这个成绩当然是相当不错的,尤其是对于我们从小学到中学甚至到留学预科都边学边玩、以玩为主的张弛同学来说,那简直就是奇迹或者说接近奇迹了。

我看了心里很高兴,但还是不当回事地说:"你就是弄些好看的成绩骗骗我的吧。"

张弛同学说:"你好好看看,这可是我们学校的网站,我还为了弄个像样的成绩建个网站啊?"

我说:"事情都是人做的,为了骗我你怎么就不会建个网站呢?"

张弛同学不说什么,又打开另一个网页,让我看他下学期所选的课,我一看有摄影课,便说:"这是骗我买相机的。"

一看还有欧洲戏剧史,我说:"这是骗我出资让你去欧洲玩的。"

再一看还有一门大概是经济学与社会福利,我说:"这是学习骗钱的本领的,以便从我们手里骗到更多的钱。"

张弛同学摇着头笑,彻底地不知说啥了。

他从椅子里站起来,打开箱子拿出两张他连着两个年度上了Dean's List(院长名单)的证明,递到我手上说:"那——这也是我做的吗?"

我仔细地打量着两张"小奖状",说:"完全有这个可能,你为了做得逼真还故意做成一张白色的,一张黄色的。"

张弛同学大笑说:"我要是把这些事都做了,而且做得这么真,那我的能力也太强了。"

68

张弛同学回到家里,他对这个家显然是有了很大的陌生感。他躺到床上,大声说:"床怎么这么硬啊?"他拿了大毛巾去洗澡,一路念念叨叨:"真是不习惯了。"

等他洗完澡出来,我说他:"你刚才是不是嘀嘀咕咕'不习惯了'?"

他笑着点头。

我说他:"好在你这是回娘家,要是去婆家公婆就该不高兴了。"

69

　　有时我会怀疑这个回来的孩子是不是我原先送出去的那个孩子，我对张弛同学说："从前公派出国组织上要求三个人同时外出，同时回来，以保证人身安全以及其他方面的安全，比如不出卖情报什么的，你一个人跑出去，没有人能证明你没有被调换。"

　　张弛同学说："就你烦！"

　　我说："那要是外星人把你调换了我也不知道啊。"

　　张弛同学说："去去去！"

　　好，口令对上了，基本还是那个人吧，或者就是外星人演得太真了。

70

　　张弛同学看家里所有的时间都是不一样的：钟表、电脑、收音机、手机甚至是汽车上的时间没一个是准的，或许有一个是准的，但相互之间相差几分钟，也弄不清楚究竟哪一个是准的，他感慨道："家里每个房间都有时差，还好房间不多，要幅员辽阔就麻烦了。"

我说:"所以你爹早说了,这个家没法管理,连时间都各行其是。"

71

张弛同学放假回家,他有个作业是创作一个剧本,他溜溜写了一个多星期,有时候是白天加夜晚都在写,有时候是深夜工作到凌晨,时间基本都过乱了。这还不是主要的,我们家只有一张正经的书桌,我以为我资格足够老,业务水平足够高,有全国统考的A级英语证书,而且还有作家的名头,可是他一回来,生生地就把我这位德艺双馨的老同志从书桌边挤了下去,我只能端着电脑去餐桌上写。张弛同学还笑话我,说我的小说里多了一些饭菜香。

张弛同学跟我说:你倒还好,我爸疯了——家里一共三个人,有两个每天在啪啦啪啦地写作,写的都还是原创。他在自己的微博上写道:"如果把这个样本放大,以中国十三亿人计(2009年),就该有八九亿的作家,于是我爸决定和另外那四亿多人竞争,开着车到办公室喝茶去了。"

72

有个周末有朋友约我出去吃饭,张弛同学的爹从外面打电话回来,问张弛同学吃饭了没有,我说他没吃呢,还在睡觉。

他爹说:"那叫他十分钟之后到楼下等我来接他去吃饭。"

我马上叫醒张弛同学。

张弛同学抱怨说:"不能这样催逼作家的!我是剧作家。"

我说:"你要是干这个在这个家里是得不到特别尊重的,因为从业人员太多了。"

张弛同学说:"我都剧作家了一个礼拜了!"

张弛同学这样说,假如我家凡事可以投票解决的话,我家文艺界有着大多数票,但是由于人数太多,所以文艺工作者在我家也等于是最普通最基层的群众。

73

张弛同学爸爸的一个朋友请吃饭,他第一次见张弛同学,他问张弛同学:"你叫什么名字?"

张弛同学回答:"我叫张弛。"

这位叔叔说:"奔驰的驰?"

张弛同学回答:"松弛的弛。"

这位叔叔说:"好啊,一张一弛,文武之道。"

张弛同学的爹笑起来,说:"他是弛大于张,远远地大于张,松弛大发了。"

74

张弛同学去他爸爸单位实习,回家后告诉我说他爹带他转了好几个部门,他的原话是:"我爸秀了我半天。"

我问他:"你爸是不是挺高兴的?"

他说:"是啊,他挺高兴的。"然后他说,"他有什么好高兴的?"

我说:"大概觉得儿子出国读书有出息开心呗。"

他说:"唉,有什么好开心的?把他的钱都花掉了。"他笑着说,"他是账户上的钱越少越高兴,可见他的幸福感是随金钱的减少而增加的。"

75

假期里我带张弛同学去我单位玩,我给他介绍他没见过的我的同事,让他称"老师",以前他认识的称"叔叔"和"阿姨",他都恭恭敬敬地这样称呼他们。

次日早晨我睡醒之后对他说:"昨天我糊涂了,你1988年就登陆我们单位了,如果按谁先到达的话,你叫老师的那些人无疑都得叫你小张老师才对。"

记得第一次带张弛同学到我们周刊社的时候他还是一个不到半岁的婴儿,我和我妈妈一起抱着他去给我的同事们"赏玩"。在他一两岁的时候他从他爷爷奶奶家回来,有一段没有托儿所上,不得已的情况下我每天带着他上班。那时候我们住在蒲黄榆路九号楼,房子是单位分的。当时似乎只会等着单位分房子,基本没有买房子的意识,当然也没钱买房子,甚至也想不到要租房。那会儿蒲黄榆算比较偏僻的地方,1987年我们刚搬去的时候玉蜓桥往南还是一大片的麦田和菜地,基本就是城乡接合部。早晨起来来不及赶七点一刻的班车,我就得抱着小孩乘39路或者43路公共汽车到崇文门,再转48路车到宣武门,路上差不多要一个小时。那时候出租车不普及，出租车司机是社会上的高收入人群，普通市民打不起车。当时的39路和43路虽然是市区公共汽车的标号，但跟从郊区开来的没什么两样，车上极少有人让座，我经常是抱着张弛小朋友站一路。但不止一次有人主动上来要替我抱一会儿孩子，记得都是穿着十分整洁的小伙子，二三十岁，温文尔雅，现在想来估计是在CBD上班的年轻人。这一段我告诉过张弛同学，我对他说："可见那会儿你有多可爱。"

当时我真是糊涂，只是觉得那些小伙子很好心。放在现在想想，穿一身干净衣服的小伙子替一个素不相识的女人抱孩子，是多么大的情义啊！

张弛同学说：当年衣着整洁在CBD上班的二十多岁小伙子，可能早就是什么"总"了。如果我在一个大厦里见到那样一位西装革履的中年先生，我很难想象这样的一个人在二十来岁的时候可以在公共汽车上帮一个不认识的姑娘抱小孩——真是年轻无极限啊！

76

张弛同学讽刺我以及和我类似的人生活方式过于安于现状，他说："你们就是找个同事结婚，生个孩子，然后出国去挣几年钱回来,给孩子买房子结婚,孩子读个大学,找个银行上班,然后孩子再生个孩子,生活继续。"

我叹口气说:"是啊,子子孙孙的,被你一说似乎一眼望到头了,多没有意思啊。"

张弛同学说:"在我们学戏剧的人眼里,重复就是悲剧。"

我说:"你爸还不知道呢,一大早他就高高兴兴去上班了。"

张弛同学听了哈哈大笑。

他说:"活着为什么?这真是一个哲学问题,值得好好思考。"

77

张弛同学订了机票准备回江苏老家,临行前他献媚地问我:"我去江苏你会想我吗?"

我咬紧牙关,生怕一不留神说出让他不爱听的话。

张弛同学去看望爷爷奶奶和各路亲戚。他去了他姑妈家,他姑父的父亲刚去世不久,姑父的母亲正住在那里,姑父姑妈的女儿,也就是张弛同学的表姐从墨西哥回来,住在家里,姑父弟弟的女儿也住在那里,再加上别的临时过来的亲戚,姑妈家人来人往不断。在张弛同学看来这些人各有各的一套,脾气、主张、生活习惯、对事情的看法等等各不相同,姑妈姑父留他住在家里,他不肯住,他在电话里对我说:"我姑妈每天要花两三个小时洗全家人的衣服,还要花不少时间做饭,我姑父整天跑来跑去为他们忙,我看他们家都快成人类博物馆了。"

78

为了充分利用回国的机票,张弛同学顺带选了一门在中国上的课 China Today(机票需要自付),这门课有六个学分,作为暑期课学费只是正常学费的一半,张弛同学觉得很值。

不巧的是他回国的时候正赶上甲型 H1N1 流感,而且还都是输入型病例,按照原定日程这门课有许多项参观活动,比如参观小学、工厂、公司、农家乐等等,但不少单位打电话给组织者说希望他们不要去,如此,相当一部分活动就取消了,变成了游览故宫、天坛、颐和园和登长城。

张弛同学说:"好多地方都去不成了,了解中国变成了游览中国。"他感慨道,"唉,出去一圈回来倒遭人嫌弃了。"

我劝他说:"你可以去参观养猪场、养鸡场和养牛场,反正猪有猪流感,鸡有禽流感,牛有疯牛病,估计谁也不会嫌弃谁。"

79

China Today这门课还有一部分内容是在西安上的,张弛同学随老师和同学去了西安。他说在西安他和同学租了自行车在城墙上骑,很好玩。就在他们停下休息的时候,有位外国女士走过来用英语问他自行车是在哪里租,怎么个租法,张弛同学在电话里对我说:"她也不问问我懂不懂英语,就直接拿英语跟我说,而且她不问我边上的美国同学,偏偏问我这么个长着中国面孔的人。"

我跟他开玩笑说:"人家就是想找个当地人问问吧,你往马路牙子边上一坐,一看就是当地的老农民,不问你问谁?"

张弛同学继续说:"那她也太沙文主义了吧,她怎么就知道我会说英语呢?"

80

张弛同学从外面一回家就打开电视,电视里正在说有的人害怕蔬菜上有过量的农药所以喜欢买被虫子咬过的菜,以为那是绿色环保的,殊不知有的菜农故意让虫子先咬了菜叶子,然后再打药,所以尽管看上去菜叶子上有虫眼儿,可实际上也未必是安全的。

张弛同学皱着眉头说:"看看,这都是什么样的人啊!"

81

张弛同学上表演课要读斯坦尼斯拉夫斯基写的《演员的自我修养》这本书,我正好去人艺,就去人艺的小书店里找。一问,还真有,但是只有第二部,第一部已经卖完。我就把第二部先买了,等着有机会再买第一部。结果去了几次,回回只有之二没有之一。这次张弛同学回来,我还惦记着这本书,和他一起去了西单图书大厦。我们在二楼的社科类书中找了好一阵也没有找到这本书,于是去查电脑。二楼的电脑坏了,我们下到一楼。一楼有一个问询台,一溜电脑,每台电脑后面都坐着一个查询员。张弛同学忽然不好意思起来,他推我去问,我说:"为吗要我去问呀,你不会说中国话啊?"

他带点羞涩地说:"我去说我买一本《演员的自我修养》,多装啊!"

原来是这样,我说我不在乎,我去问。一问之下电脑里有这本书的名字,正高兴呢,查询员说第一部全部卖完了,第二部还有。我问他还有可能来货吗？他说不会，我问他能订吗？他说不能。

悻悻地走出西单图书大厦，张弛同学突然笑起来，他说："演员和想当演员的人难道都只买第一部回家装装样子吗？所以第一部到处都卖完了。"

我听了笑起来，说："要是斯坦尼斯拉夫斯基知道，给演员写一本书就够了，自己省点劲儿，也别让我们这样真想学习的找起来费劲儿。"

82

暑假中我和张弛同学一起去看外地来京演出的一个话剧，戏单上写着此剧得过剧本奖和导演奖，送票来的人也说戏非常好看。可是我们还没进剧院，就感觉到了一些不对劲。剧院的院子里站满了观众，七点半开演七点一刻过了还没有放人进去的意思。有两位老先生对站在剧院门口的保安提意见，要他们让观众进去，但保安不理不睬。一位满头银发的长者都忍不住跟保安吵了起来，要他们尊重观众。保安一脸麻木，周围有一些胸前挂着演出工作证的人也同样是一脸麻木，无人站出来说话。

终于开门放人了，里面的领座员操着剧团当地的口音给观众领座，他们没有正规着装，都是穿着T恤衫牛仔裤，也没有挂胸牌，张弛同学一看就认为很不专业。

我们坐定时离开演的时间很近了，舞台的幕布已经打开，舞台中央放着一把椅子。灯亮了，照在那把孤零零的椅子上。突然，从里面走出来一个日常装束的人，挪动起椅子来，一直调到大概是他认为合适的位置才走进去。我和张弛同学看了忍不住叹气，我们认为这样的工作是应该早就做好的，灯光一亮，就应该是开演了，因为那就进入戏剧的氛围了。

张弛同学小声说一句："真想去看看他们的后台，一看后台就能知道这个剧团管理得怎么样。"

我说："看他们这种拖拖沓沓很不专业的样子，说不定他们的后台乱得跟管理不善的厨房有一拼呢。"

结果看下来整个戏很业余，剧本还算有点东西，但导得实在是不敢恭维。张弛同学认为许多地方的情感表达不准确，而且戏里的动作也不是现代话剧的招式，还有灯光也全然不对，估计电也没省，但舞台给人黑黢黢的感觉，演员的表情也不怎么看得清。张弛同学在美国学了两年戏剧，估计他用专业的眼光看上去更是满目疮痍。不过他并没有说太多，他扫视了剧场说了这么一句："坐在二楼的人怎么就像坐在上铺的感觉啊！"

我听了大笑——业余得连被窝气都带出来了,这也算是业余他妈给业余开门——业余到家了吧。

83

张弛同学回来的这个夏天北京特别热,有几天持续高温,气温超过往年。而他在波士顿一连过了两个冬天,波士顿的冬天十分寒冷,据他说气候相当于我国东北地区。张弛同学还在波士顿的时候给我打电话说:"他日倘若有钱了,我就搬到一个一年四季都是夏天的地方去住。"他还说,"我要为这个目标奋斗。"

这次回来,张弛同学叹说:"我在波士顿知道了什么叫冷,在北京知道了什么叫热,我太可怜了。"

84

张弛同学回来以后拉肚子,叫我去小区里的大药房给他买点药。我下楼去了药房,结果大药房已经倒闭,柜台撤走了,只有几个装修的工人在里面闲散地坐着。看来我们这个小区的人民都很健康，大药房开在这里无利可图。我去问了两位坐在木条椅上聊天的阿姨，能买常用药的最近的地方在哪里，她们热情地告诉我二号楼就有一个诊所，常用药比外面还便宜呢。我说我就是图近，便宜倒在其次。

我去了我们社区的小诊所，里面一个年轻的女孩穿着白大褂，对我笑脸相迎。她问我："您怎么啦？"

我说："我家小孩拉肚子，您这里有没有肠胃康？或者黄连素也行。"

她说："这两个药我们都没有。"

我说："那治拉肚子的你们有什么？"

她说："拉肚子我们看不了，您只能去正规医院。"又说，"现在有H1N1流感，感冒我们也不能看了，都必须去医院看。"

我说："去医院不是费事嘛，拉肚子和感冒都是最常见的病，你们难道一点这方面的药都没有吗？"

这位年轻的医生一脸忠厚地强调说："真没有，这是上级规定的，我们不能看拉肚子和感冒。"

我知道跟她再说下去也没用。回到家把情况跟张弛同学一说，他说："那他们能看不孕不育和艾滋病吗？"

85

我们有个女邻居也是同单位不同部门的同事,据说做了吸脂隆胸的美容手术,张弛同学问我:"这样的事情别人怎么会知道的?"

我说是听她的同事传出来的,估计是她做手术要跟领导请假,别人就知道了。

张弛同学做出一个吃惊的表情,然后用虚拟的口吻说:"她去跟领导请假,领导问:你要干吗去呀?她说:我去吸脂隆胸。领导城府很深,没有笑出来。"

我城府没有领导深,一听就乐喷了。

86

张弛同学总喜欢说"没文化真可怕",配上嘲弄的表情,很出效果。不过这句话他是从来不说自己的。

87

一天晚上我和张弛同学从燕莎购物中心回家,夜深天黑,我三绕两绕把车开到了并不熟悉的彰化路上,竟然一点没走错。我心里很高兴,随口说:"这下可以从河边走了。"

张弛同学接一句:"肯定要湿鞋了。"

88

张弛同学在家里给一个女孩子打电话,他先在房间里打,我进去拿东西,他像兔子一样溜到了客厅里。我出来看见他坐在餐桌边上抱着电话聊,不像一时半会儿能结束的样子。我坐下来吃饭,他立刻就消失了。我吃完饭进了房间,刚在电脑前坐下来,他问我:"你是不是准备待下来了呀?"

我说是啊,他马上起身又要出去。

我对他说:"我刚把灯关了,外面黑,当心点。"

他冷笑着给我一句:"黑?哪有你黑啊!"

89

我和张弛同学各用一个笔记本电脑,那时还用电话线上网,家里只有一根网线,上网的时候就经常需要相互协调。

一天晚上我们从外面回来,都想上网。我想上完网早点睡,对他说:"你让我先上下网就不烦你了。"

他问我:"是这辈子吗?"

我说:"不,就是今天晚上。"

他叹口气说:"哪怕是这个暑假不烦我了也好啊!"

张弛同学于是买了个无线路由器,解决了这个问题。

90

我用的笔记本电脑还是两年前张弛同学在清华读预科时陪我去中关村买的,当时我被卖电脑的几个推销员忽悠了,没有买张弛同学推荐的那一款,而是买了三星的。张弛同学认为我上当了。实际上这个电脑除了风扇太响,用时间长会发烫之外,也没有太多别的毛病。唯一让我不称心,也是我认为真正上当的地方是这个卖电脑的小公司给我装的是盗版软件。

我这个人一贯爱好正版的东西，对电脑里被装入了盗版软件很愤怒。装机的时候我的确就在旁边，但我没有凑上去看，也不知道装的竟然会是盗版软件。我发现之后带着电脑去了那家公司，他们在一番强词夺理之后说这个价钱买这样的电脑只能装盗版软件，否则就还要加一千多块钱。本来这个电脑就有点买贵了，再让我加一千多块钱我觉得更是过分，于是就悻悻地回家了。

这个电脑用了两年多了，每次开机的时候屏幕上会出一个方框，上面写着"您可能是盗版软件的受害者"，起初看见我心里很不舒服，慢慢也就不当回事了，偶尔会对着电脑说一句："我就是盗版软件的受害者，你用不着再对我说了。"

这次张弛同学回来，看见我开机时电脑屏幕上出现的这个小方框，讽刺道："你可不是盗版软件的受害者，你是盗版软件的受益者。"他故意气我，又说，"谁知道你的正版书都是用盗版软件写的呢。"

91

和张弛同学出去吃了一顿饭，饭桌上有中国人和美国人，吃饭的人同时说汉语和英语。

回到家里张弛同学对我说:"如果一个人是以中文为母语,一个人是以英语为母语,说中文的那人会英语,说英语的那人会中文,你说他们以哪种语言交流最高效?"

我说:"我想可能是各自用自己的母语说比较好吧。"

张弛同学强调说:"我说的是最高效。"

我想了想说:"我不太清楚。"

张弛同学用一种类似于学术探讨的口气说:"我认为是以中文为母语的说英语、以英语为母语的说中文交流是最高效的,因为他们说的都是外语,肯定以表达的准确和简洁作为最重要的一条,对方理解起来肯定是最容易的。仅次于它的是各自说母语,那样可以表达更加复杂和精确的意思,但对方很可能不能完全听懂,或者不能明白字句当中隐含的意思。"

我表示同意,接着他的话头发挥道:"再次之是他们都说英语,因为英语的教育比较普及,最末一种才是说英语之外的语言,因为所有的语言对于英语来说都是外语。"

张弛同学听了大笑起来,做出无奈的表情说:"这也太沙文主义了。"他说,"以前奥斯卡奖有最佳外语片奖,后来美国人自己也发现了这个问题,所以从2019年4月把这个奖项改成了最佳国际电影奖。"

92

傍晚时分,眼见着天就要黑下来,我说要去跑步,结果杂事占手,半天没挪窝。

张弛同学在楼下的房间问我:"你不是说你已经去跑步了吗?"

我说:"是啊,我这不已经去跑步了吗?"

他说:"你怎么还不去?"

我说:"我不已经在跑步了吗?"然后我飞快地换好衣服,下楼去,边走边说:"我去跑步了啊!"

我想要是外国人听我们这段对话,估计会听见满耳朵的语法错误。

有一天说起,张弛同学说:"我都习惯了你独特的语法,只是我奇怪我受了你这么多不好的影响,我去学校读书居然还能接受正确的知识包括语法。"

93

我跟张弛同学经常把一些吃的称作"果子",有的是果子,有的并不是果子，比如饼干、巧克力、汉堡、牛肉等等都可以说成是果子，但一个人一说，另一个人就立刻知道说的是什么。这不知应该说是语言的开放性还是私密性，有时候这开放和私密竟然是一码子事啊。

94

张弛同学忽然提出要去大三元喝早茶。还是他很小的时候，只要走过公主坟那家古色古香的大三元他总是很向往，大概在他上初中的时候我就答应过带他去那里喝一次广东早茶，但是因为星期一到星期五他都要上学，每天早上急急匆匆的，到了周末好容易能睡懒觉，也不舍得放弃，所以喝早茶这件事就一拖再拖拖了下来。这次我决定满足他这个小小的心愿。

可是——一到关键时候总是"可是"——大三元百年不遇地在装修，而且看那个大张旗鼓的样子一时半会儿也完不了。我只好对张弛同学说："我真的很想带你去大三元把答应你的早茶喝了，但这次可能还是喝不上。"

张弛同学哈哈大笑，说："我已经不想去那里喝早茶了，我要的就是你欠我的这种感觉。"

张弛同学结束暑假回校之后一个多月,我又从大三元门口经过,看到装修还没有完,而且从大模样上看,这一回似乎不是餐馆了,好像是卖手机的商店,那个路段也的确是手机店扎堆。大三元真要是改成了手机商店,那我那顿广东早茶岂不真的要欠张弛同学一辈子了。

95

看见张弛同学玩游戏,我说:"会玩是大境界,会玩是大才华,懂不懂得游戏精神没关系,但不会游戏,就没精神。"

张弛同学争辩说:"我也不是太喜欢玩游戏,就是偶尔玩玩,好在没有上瘾。"

96

张弛同学看沃伦·巴菲特和比尔·盖茨对话的视频,说到巴菲特年轻的时候追求一个女孩儿,那女孩儿爱一个会弹夏威夷四弦琴的人,巴菲特特意去学那种琴,等他学会了,结果人家女孩儿还是不理他。张弛同学哈哈大笑。

我对张弛同学说,连巴菲特都有这样的时候,所以类似的事情也就不算什么事儿了。所以我也理解了为什么股票被套拿个长线叫作"价值投资"了。

97

张弛同学从美国回到家之后又回到了从前在家时那种放松、散漫、不怎么学习的状态，他过着"饭来张口，衣来伸手"的日子，还跟没出国之前差不多，我说他两句他还嫌烦。我心里想：要是他不去美国读书，继续在国内随便上个学，比如还在清华上预科，估计还会像以往那样混日子，要不是看他从美国回来不仅带回了好成绩，凡事做得井井有条，估计我也不相信他这么有规划这么有条理。

所以我反思自己：以前都是我的教育方式不好，才影响了他的进步。继而我这样想：一个孩子成长，可能有两个因素是至关重要的，一个是"严格要求"，这可以通过正面教育促使孩子自发地去做，也可以通过外力施加影响或者施加压力让孩子去做，但总之是要靠家长或者老师教育和推动的；还有一个是"自立"，也就是说让孩子独立去做自己的事，需要的恰恰是家长和老师放手。拿张弛同学来说，他从小是在自由宽松的环境下长大的，我认为他离"严格要求"可能是有相当一段距离的，但好在他非常独立，这一条的优势使他能够在新的环境中很快适应并且如鱼得水。

因此我这样想，如果一个孩子从小没有被严格要求，但他（她）具有独立的个性，家长应该放手让他（她）自己发展。就像政府一样，家长对孩子的政策一定要有相当的连贯性，不能朝令夕改。如果家长认为自己的方式是正确的，即使孩子的成绩一度不够理想也要咬牙忍过去。要允许政策在执行中有起步阶段，甚至有低谷出现。家长需要有定性，首先是自己不能急躁，不能乱了方寸，或许这是真正有助于孩子顺利成长的。

在张弛同学的成长中，还有一点我自认为是值得肯定的，那就是我一直对他非常看好，我称之为"盲目看好"。我相信他的聪明，相信他的能力，相信他的运气，相信他一定能行，对他决定的事情，通常我是不假思索地肯定他、鼓励他、支持他，事实证明效果很好。

98

张弛同学在家的时候晚上不肯睡，我对他说："你得把你的时差倒一倒了。"

可是到假期快结束,他的时差也没有倒过来。

在他临走的前几天我说:"这下你可以早点睡了吧?"

他说:"我都快走了,这样回去就不用倒时差了。"

99

暑假结束,张弛同学于8月底飞回美国,他又一次买了迂回曲折的飞机票,头一夜他从北京飞香港,在香港待几个小时之后又折返在空中路过北京再到纽约然后到波士顿,我一听头就大了,我说你这个飞法是啥意思啊,他说省钱啊。

我对他说:"以后我再不让你这么飞了,宁可多花些钱——除非你觉得这么飞才过瘾。"

100

新学期张弛同学选上一门课叫社会福利,在这个课上讲到了什么是真正的穷人。

他问我:"你知道世界上穷人的标准是什么吗?"没等我回答他说,"就是一个人一天的全部花销在一美元之下,这么一比我们就太富有了。而且世界上认字的人不到十分之一,如果你认字就是少部分人了,如果你认识两种文字那你等于享受到了更多的社会资源,像我这样能留学的绝对是很富有的人了。"

我想这门课真好,让他很直观地懂得了什么叫知足。

101

我跟张弛同学开玩笑说,我肯定以前欠你许多钱,所以这辈子注定要还给你。为你交这么高昂的学费是上帝给我量身定制的一个高效率、人性化的还钱方式——我说我怕麻烦,怕去银行,怕排队,上帝说不麻烦,你不用去银行,不用排队,就近还钱就是,而且还让你还得高兴,心甘情愿。有句话说"出来混,迟早是要还的",看来我前世是混大发了,眼下还不知道这钱哪天能够还清。

102

虽然时不常地要为下个学期的学费发愁,我还是鼓励张弛同学当花的钱还是要花的,我怕他钱上节俭了影响生活,也怕他钱上拘束了做人不大方。张弛同学似乎比我要理性,比如在购买生活用品和学习设备上,他总是会多方考察,在性价比上很下功夫,有时还要犹豫观望一番。

我总是煽动他该买就买。我这么对他说:"挣上来的是纸,花出去的才是钱。"

张弛同学听了呵呵地笑。

我下一句是:"现在我们家的钱已经很多了。"

103

某天张弛同学说他想去买彩票,他说美国的 Mega Millions 彩票的奖池里有27亿美元,要是中了就能得到这笔巨款。

张弛同学说:"我要是中了就谁也不告诉。"

我说:"你中了可能会疯掉的,所以如果你中了一定要告诉我。"

张弛同学说:"告诉你你先疯了怎么办?"

我说:"不会的,我会想着把这笔钱的大部分拿出来做慈善,做帮助他人的事情,比如建医院,建学校,救助灾区,再不就是捐给医疗机构研究新型的疾病,这样肯定就不会疯掉了。"

张弛同学说:"真不能想象那么大一笔钱自己怎么花掉。"

我问他以前中奖的人中奖前后是什么情况，他说报上的报道常常是某个卡车司机或者某个清洁女工中了奖，但中奖之后怎样了就没有说。

他设想他中了彩票之后的生活：真要中了那么多钱，那过得应该是太舒服了。我首先要奖励自己一辆以前想都不敢想一下的汽车，然后去买或者租一套一居室的带车库的公寓自己住着，还要把家里摆好家具，配置上齐全的电子设备，好餐具好酒具好茶具也要一样至少来一套。其实对于几十亿美元来说，这些简直就是太小的钱了。我想象有钱之后我的生活就是每天早上开着豪华跑车（冬天的时候是豪华SUV）去上学，上课的时候继续认真听课学习，结束一天的课以后可以跟朋友出去下馆子，吃饱以后回家，赶紧写作业，估计写完也就要睡了。周末的时候早上起来洗个澡，然后摸出我妈给我的紫砂壶，放上我爸给我的铁观音，慢慢品着茶香，吃一点面包小点心什么的，然后又可以继续去看书上网学习。到了中午就叫点外卖来，吃完饭休息一下，切一点帕尔玛干酪或者莫扎里拉奶酪条也可以，倒上一小杯上好的加州干白，慢慢地品着。下午到晚上之前继续写作业，累了叫朋友来我家玩一会儿最新的电视游戏，点燃一支从古巴偷偷带进美国的COHIBA雪茄，用的应该是纯银打造的雪茄剪，点火的也是乙炔打火机……可是，但是，然而——有了这么多的想法，中彩票连影子都没有，估计我还得像眼下这么生活，看书，写文章，把作业做完，然后赶紧准备睡觉，因为已经不早了。

我说：是啊，赶快睡觉，毕竟梦里什么都有。

104

张弛同学在电话里跟我说他的裤子穿得都磨破了，他这么说："现在还有谁穿着有洞的裤子啊？"

我说："你说不定一扭身就成名了，别让小报记者拍到了，在报纸上写：'张弛同学成名前衣着贫寒'。"

张弛同学说："张弛同学成名后还是衣着贫寒。"他又说，"一扭身的事，哪儿还来得及换裤子啊？"

105

春天的时候张弛同学花粉过敏，鼻塞得难受，十二小时要用一次药，才能减轻一些。到了秋天，花粉过敏竟然又卷土重来了。

他说："春天整个波士顿连树叶子都不怎么看得见，根本也见不着个花,却闹个花粉过敏;秋天天高气爽,空气干净得纤尘不见,居然也要花粉过敏。"

我说他:"你也不是个小蜜蜂,你也不接触花粉,怎么会花粉过敏?"

他回答说:"如果是蜜蜂倒无所谓了。"

我说:"要你是个蜜蜂那不得换个工作呀。"

106

跟张弛同学在电话里瞎聊,我说:"有没有人另类到不叫自己小孩认字和上学呢?"

他回答说:"反正我不会那么做。"

我说:"我倒是很想那么做的。"

他口气坚定地说:"我不会,我要让我的小孩受好的教育。"

我说他:"你自己跟着我另类,到自己有小孩又正统起来了。"

他不好意思地嘿嘿笑,说:"那是啊!"

他告诉我真有人是拒绝文明生活着的,美国就有这样的部落,还说要带我去看。

107

张弛同学在MSN上说他要画画了,这是他选的一门美术课布置的作业。

他这么写:"我一会儿要画忌惮。"

我心中顿生羡慕,很是佩服美国学校教得高深。我平日里也算是热爱学习,却不懂"忌惮"这么抽象的东西如何去画。

我心虚地问张弛同学:"忌惮是个什么东西?"

他写道:"你读出来就知道了。"

——原来是鸡蛋。

108

张弛同学好久没有更新博客了,忽然有一天更新了,题目叫作《一句话的各种雷》,虽然夹杂了不少英文,但仍是他的行文风格,转录如下:

> 国内的生活真是日新月异啊,在美国待几天真的不知道国内是怎么回事。最近准备跟上潮流,要学习学习。

发现国内有一种话叫"雷",中文的解释就是某人或者某行为让人觉得很诧异或惊奇。反正差不多,大家都明白。那我就写几个在美国遇到的"雷"吧。

目前我在上导演课和表演课,自己需要导个短剧,同时也被别人找了去演一个短剧。找我的那个人是祖籍越南的美国人,是个男生,他有一天说:"My ex-boyfriend…"(我的前男友……)

我有一件夹克衫,是三叶草的Player系列,胸前有个小牌子上绣着:"Sex is a high performance thing."我去学校食堂买饭,卖饭的黑人大妈说:"Oh, you've got dirty words on your jacket, I'll cover my eyes."(哦,你的衣服上有脏话,我要挡上我的眼睛。)然后我说:"Oh, I should take it off, I'd rather go naked."(噢,那我把它脱了好了,我裸体得了。)结果那天给我的饭,我吃了一中午都没吃完,第一次浪费了东西,实在是给得太多了。

我要参加一个国际项目,需要老师写推荐信。我就去找了我的表演老师,他给我写了一封言辞恳切的推荐信。我拿到看完以后他问我:"How many letters you have to collect?"(你需要弄到几封信?)我说:"Just one."(就一封。)然后他说:"Oh, then you have chosen me?"(那你选择了我?)我说:"Yeah, because you are the best professor ever."(是啊,因为您是从古到今最好的教授。)然后他又说:"You know, I lied in that letter."(你知道,我在信里说了谎话。)我明白他的意思是把我夸太好了。我说:"We both did."(我们俩都做了这么件事。)

我过敏去看医生,一开始不知道是过敏,美国医生特别细致,你要脚疼,他(她)得从头开始替你查起。所以我那天是又看鼻子,又看嗓子,又看眼睛,还量了体温和血压,总之是折腾一遍。最后她叫我躺在一个小床上开始听诊,听了几下不爽还叫我把衣服弄起来。我好脾气地照做了,然后她听着听着表情严肃,给我吓的!再之后她叫我起来听心脏,听了五分钟,还一会儿叫我呼气,一会儿叫我憋气,我以为怎么了吓坏了,然后她说:"Oh, you are fine."(你没事。)

最后来个我妈的:

我说:哎我要买个MP3。

她:买吧买吧!

我:我要买个摄像机。

她:买吧买吧!

我:我要买个显示器。

她：买吧买吧！

我：我要买个相机。

她：买吧买吧！

我：我买相机能增加点预算吗？

她：买吧买吧！

我：我把旧车卖了想买辆新车。

她：买吧买吧！

她太不理性了。

补充一句，他提出要买的这些东西后来都买了……

张弛同学说："我都被雷焦了。"

109

无论钱紧钱松，张弛同学要什么我都是尽量满足他。某天他拉我在网上看汽车，说他天冷之前想买辆四驱车，这样冬天下雪也能出去送外卖。他看上的车他认为都太贵了，心里很犹豫。

我说："你比较一下还是买一辆吧。"

张弛同学说："你真让我买？"

我说:"那怎么办呀?不是得用吗?"

他说:"你也太不理性了!"

我说:"不管理性还是感性,最后反正钱都是花出去的。"

110

感恩节张弛同学开车去底特律找一个朋友玩,路上单程开了十三个小时,他说都不知道怎么开回去了。

我建议他:"把车一卖,再把我小孩一卖,这样就轻省了。"

111

张弛同学在他的半夜两点打电话给我,叫我到美国去,我说我眼下没有这个计划,因为……我开始说理由。他打断我,说了他的理由。放下电话,我清楚地想了一下我的角色,我扮演的是他的妈妈,照理他不应该叫我去他那里,像他这个年龄的孩子应该很高兴没有爸妈在面前烦他们。——所以我非常高兴,知道自己人缘还不错,所以我决定去美国看他。

112

终于下决心去美国看看张弛同学，还有半年多他就该大学毕业了，如果再不去看他，很可能他大学阶段家里就没有人去探过班。

我开玩笑说："生了个孩子，往美国一放，全家上下好像都忘了有这回事一样。"

113

2010年3月15日到21日那一周张弛同学放春假，我打算提前一点去美国，和他一起出去旅行度假。

波士顿没有直达航班，我需要在纽约肯尼迪国际机场转机。肯尼迪机场非常大，是世界上最大的机场之一，有九个航站楼，张弛同学很不放心，走之前叮咛来嘱咐去的，还教了我一些英语口语，以备不时之需。我跟他说你不用这么操心，你也不是我妈。他让我到了肯尼迪机场给他打个电话，好让他知道我是否顺利。在肯尼迪机场我找到公用电话，因为是投币的，我得去换硬币。我对咨询台的一位黑人女士说了，问她哪里可以换钱，她马上热情地把手伸进自己的口袋——她掏出来的不是硬币，而是她的手机。她问了我号码，直接拨通了张弛同学的电话。

张弛同学知道我顺利入境并顺利办完转机手续，放下心来。他对我说："学点英语就是在机场用的，出了机场之后你基本就用不着英语了。"

114

张弛同学租的房子在昆西，周围大部分房子都是那种复合材料加木头建的别墅，钢筋水泥的房子很少见。张弛同学去上学的时候我出去转了转，大中午的，街上居然没有人。我刚到的时候是周末，外面很安静，我以为是周末的缘故，后来发现似乎每天都这样。因为没有人，四处都很静。天很亮，又很静，感觉很空寂。这里纵横交错的街道上都是差不多的别墅，虽然结构与颜色不同，但风格很接近，乍一看都一个样，没有什么标志性建筑。我走出去得认真记一下，不然按我平常马大哈的脾气，说不定就无法原路返回了。我问张弛同学是怎样找到回家的路的，他说他也不知道，就是乱走，总能走到家。我对他说："估计你是鸟变的吧。"

115

　　张弛同学和三个同学合租了这个房子,两个女同学,一个男同学,他们四个孩子在这里过着在我看来是自由自在的日子。比如我去视察的某天夜里,两三点钟楼下还有人在说笑和做饭,我们也一样在房间里说话和上网,我对张弛同学说:"你们这是不夜城啊!"在这里说不准是过的美东时间还是北京时间,我也一样,反正是困了睡,饿了吃,非常好,是真正的度假生活。

　　我到达的第二天给孩子们做了一顿晚饭,来吃饭的除了这个房子里的,还有外面的,是某个孩子带来的。张弛同学的这三个同屋,两个女孩一个来自大连,一个来自四川,另一个男生是从中国台湾来的,一看就是台湾孩子。我的感觉是台湾孩子比大陆孩子更文弱些,也更娇惯些、单纯些,至于是如何形成这种差别的,我也说不好。吃完饭是这个台湾男孩抢着把碗洗了,洗得非常卖力,当然,洗得非常干净。这个孩子很温和很可爱,饭桌上听他们讲他的笑话,说有一回放假回家,他去机场托运完了行李去吃了一碗面,生生把飞机误了,他的行李去了日本,他坐了另一条航线回了台湾,五天后行李才到。我以为他是在日本误的航班,我说用日本话在广播里喊登机,估计是听不懂的。他们说哪儿呀,他是在波士顿把飞机误了。

这孩子的另一个特点是闹钟叫不醒。据张弛同学说他从台湾回来,带了四个闹铃过来,但叫不醒是始终如一的。

有一天我在楼下听楼上响起耳熟的音乐声,简直把中国台湾流行音乐放了一个遍,孩子不醒;再接下来是鸟叫,不是鸟语花香那种叫法,而是十分嘈杂地叫,孩子还是不醒;再后来是警笛,救命的、救火的、抓人的,各种警笛能响的都响过了,孩子还是坚决不醒。不知过了多久,他冲下楼,客气地打一声招呼,开上汽车上学去了。

我问张弛同学有没有家长来视察过,张弛同学说你是第一个。我对张弛同学说:"家长们也是够大松心的啊,从托儿所到幼儿园到小学中学都抓得挺紧的,孩子出了国,就跟放飞了一样,反倒不管了。"

张弛同学说:"那怎么管,这么大的人了,还能整天跟着呀?"

几年之后说起这些孩子,张弛同学告诉我说,当年他们四个室友都在不同的地方,就像四条放射的线,过了某点,就四射开了,每个人都有了不同的落点。四川女孩跟一个追了她很久还特别会做饭的福建男生在一起了。那个时候她特别喜欢去KTV唱歌，那个福建男生就老陪着她去喝酒唱歌。前一段听说他们俩结婚了，福建男生在波士顿开了一家叫1986的KTV，爱唱歌的四川女生唱成了KTV的老板娘。大连女孩回国了，继承了家族传统，成了天津银行的员工。闹钟叫不醒的小台湾，回去当完兵后在屏东开了一家85度C，做了面包店的老板，而他自己在北京宋庄跟着宁浩导演拍电影。

116

张弛同学带我去参观他的学校。他的学校建在海边，是真正风光旖旎的海景大学。在他没有带我正式参观以前，进城时坐在车里我已经看到了几次。第一次经过时他远远地指着海水中的一处砖红色建筑群，对我说："那就是我们学校！"我正琢磨配着这深蓝色的海水，用美丽的白色建筑岂不更好，张弛同学对我说，"这个设计师的专长是设计监狱。"

我笑说："难怪我看着这学校有点像监狱呢。"又说，"你正好可以在这里好好改造——"

张弛同学放慢了语速说："小程，你怎么说话呢？"

我马上改口说："你可以在这里把自己改造成一个与国际

接轨的好青年啊。"

后来聊起这一段,张弛同学说,我还记得说这个话的时候,正在从I-93号高速公路上向北开,正好可以看见NATIONAL GRID的储气罐和我们学校红色的楼。他说,我只是想说我没有在营造一个骗局,我的学校是真实的存在。不像某些可爱的小朋友拿了父母的钱到了国外,被语言学校开除以后就留在当地逍遥度日。他说:"我没让你们扫大街挣的辛苦钱打了水漂。"

117

张弛同学带我去喝广东早茶,有个在餐馆打工的女同学问我:他们屋的卫生如何呀?边笑边朝我眨眼睛。说实在话他们卫生状况真的不怎么样,东西丢得特别乱,厨房里好多要用的东西都需要临时洗出来。张弛同学的房间算是最干净的,他说我去之前他特意把桌子和地板都擦了,我问用什么擦的,他说:"用纸擦的呀。"那感觉就是理所当然的。我还是第一次听说擦地板用纸的,后来发现如果面积不大的话那种厚厚的厨房纸擦地确实很好用。不过听了这个女同学的问话,我就跟个新闻发言人似的说:"很好呀!"然后我们心照不宣地笑了。

说实话我喜欢房子干净，但我认为比起学习、事业、快乐这些更重要的事情，房子干净一点还是凌乱一点是无大所谓的，如果把房子擦得跟个水晶球似的，但是生活得不自在、不快乐，那是白搭的。我看他们总体上过得很高兴，如果我真是检查团的，我觉得这就可以盖合格章啦。

118

我过生日，张弛同学请我去OUTBACK STEAK吃饭，是美国式的大餐——牛排，不过这个店是澳大利亚风味。听说北京也有这个店，在工体北门。我们一进去领座的漂亮服务生把我们领到一张桌子前，我看见这个小隔断里挂的一幅画是考拉，一个趴在另一个的背上。

我跟张弛同学开玩笑说："他们是在揶揄我们吧？"

张弛同学呵呵地笑。

在点菜的时候张弛同学跟服务生说了是我生日，饭吃到差不多，突然四个店员过来唱起了生日歌，生生把我吓了一跳。他们的热情也是我在别处从来没有看到过的。这之前店里已经响起过一遍生日歌了，不是我们通常听惯的那个调子，是另一种唱法，不过虽说第一次听，还是能听出是祝贺生日的。

唱完之后服务生送了我们一大杯免费的冰激凌，上面点缀着一颗红樱桃。

这顿饭真的让我体会到了非常美好的过生日的感觉。

这就是我在美国和张弛同学一起过的一个生日。

从餐馆出来，张弛同学说，美国人民给你唱生日歌，你从来没有经历过吧？我去都叫他们免去生日歌，因为那阵势蛮吓人的。

119

3月13日，我到美国有一个星期，张弛同学的春假开始了，按计划我们准备去华盛顿玩。临出发前波士顿一直下雨，下了三天也没有停的意思。张弛同学一直忙于上课和排戏，晚上9点以前都在学校里。深夜，看着窗外绵绵不断的雨，我跟张弛同学说要不我们就不去了，或者改日再说。他坚持按原计划出发，他说春假就一个星期，耽误两天可能就真是哪儿也去不成了。

我问他："那你开那么长时间的车，会不会太累？"

他说："没事，更长的距离我都开过。"

这一夜我几乎没有睡着，一直听着外面淅淅沥沥的雨声，始终没有停。第二天一早5点多钟闹铃响了，雨还在下。张弛同学下楼去发动汽车，街上除了我们看不见一个人，车开出去很远，路上也看不见另一辆行驶的汽车。春假的旅行就在雨中开始了。

张弛同学说："到纽约估计雨就该停了。"

果真，到了纽约雨就停了。

纽约一片大雾，曼哈顿的那些宏伟美丽的建筑一点也看不见，四处都是白茫茫的，像围了一层半透明的膜，纽约就像一个蛋黄一样，被包裹在这层膜当中。

我说："花了八块钱的过路费，本来想至少看看曼哈顿，就当是进电影院看电影了，结果啥也没看见，这八块钱是生生白花了。"

120

张弛同学写了一篇文章，写此行见到的我的一位同样也很热爱文学的朋友，她和她的先生给了我们热情的接待。张弛同学问我看了这篇文章感觉如何，我说："你把我的文笔都学了去了，我倒觉得像我写的。"

张弛同学惊讶地说："怎么会呢？"又说，"那你把这文章发你博客上，就说是你写的。我可以给你当枪手了。"

我说："请人做个程序，以后只要不是创新的作品，都可以委托你写了。"

张弛同学说："小的时候不行，慢慢就有东西能掏出来了。"又说，"我喜欢写短的，长的我都没有兴趣。"

我说："好在那些厚书你写不了，不然我就白当一个作家了。"

张弛同学说："还怕我抢你饭碗啊！"

我说："要是你什么都能写，我不就没价值了吗？"

张弛同学又问我："我这个是散文吗？"

我说："当然是啦。"

张弛同学自嘲道："形散神也散了。"

121

从华盛顿回到波士顿，我和张弛同学去拜访我们的朋友王琰和戈霖。

张弛同学刚到波士顿时，在我的博客上有一段留言，一位不知名的朋友说一直看我的博客，很喜欢张弛同学，愿意照顾一下他初来乍到时的生活。这位留言的朋友署名"温暖"，她就是王琰。她和她先生戈霖给了张弛同学无微不至的关照，对他的帮助很大。

我们到达王琰家的时候，戈霖正在修锁。他们告诉我们说之前他们外出，门就没锁。戈霖耐心地修了好一会儿，但还是没有修好。张弛同学也凑过去帮忙，手里一会儿拿着扳子一会拿着起子。大家正在说是不是就夜不闭户了，戈霖忽然说终于修好了，可是，一试之下是里外都打不开。于是我建议大家从窗子里出去，我说这房子有这么多扇窗，没有人会知道我们是从哪一扇窗子里出去的，不关窗子比不关门要安全一些。王琰说他们家还有一个侧门，于是我们就从阳台边上一个极为隐蔽的侧门里走了出去，宾主都有一种偷偷摸摸的感觉，好在总算没有一个接一个从窗户里跳出去。

一年半前我在北京就跟王琰、戈霖还有他们的儿子小锐锐见过，我带他们去逛798，在天下盐请他们吃饭。记得那天的一道辣鱼做得特别好，之前之后我在那里吃的都没有那么好。那时小锐锐还不到两岁，我形容他是大婴儿，现在三岁半了，看着就像是小朋友了。我们和王琰、戈霖说话的时候小锐锐就安静地坐在一边玩塑料拼图，非常专心投入。小锐锐很喜欢画画，家里有不少他的作品。我特别喜欢的一张是他画的全家福，线条单纯稚拙，却很有表现力，颇有米罗的韵味。

我夸他说："哎哟，这是毕加索啊！"我把那幅画拿到窗户前拍了照片，留作纪念。小锐锐还为我们的相见专门画了一张画，叫《五个人的PARTY》——画中除了我们五个人，还有一只棕色的毛绒小熊，那是张弛同学来美国的第一个圣诞节送给他的礼物。我觉得小锐锐的这幅小画好得可以做招贴画了，这个不到四岁的小朋友真的是很有天才。

王琰除了自己在公司里的工作，还为美国收养中国女孩的家庭做义工。就像她和戈霖无私地帮助张弛同学一样，她热情地帮助那些素不相识的人。就在我们见面的前一天，王琰出了一个车祸，她开着车在公司的车库里被一个同事兜头撞上了，车子顷刻间就报废了，所幸是人安然无恙。我们说好人就是福大命大。

戈霖是北京四中的学生，大学是在清华上的，北京四中加清华这样的配方向世界输送了许许多多出色的人才。张弛同学刚来时戈霖陪他去挑一辆二手车，一连好几个星期一到周末就出动，这无论放在哪里，都是很大的情义。

张弛同学不止一次跟我说到过：到美国刚刚两周，王琰和戈霖就开车到他公寓楼下，接他去QUINCY的龙凤酒楼吃广式早茶。那是他第一次在美国吃早茶，那顿饭吃得非常饱。王琰和戈霖非常热情，总怕他吃不饱。吃完饭他们还带他去了OUTLET逛街，还给他拍了照。

王琰和戈霖请我们去一家意大利餐馆吃饭，我抢着买单他们坚决拉着不让。大家聊得很热闹，非常开心。我很为张弛同学在美国有这样的朋友高兴。

122

在波士顿坐张弛同学的车，发现他手经常不放在方向盘上，或者就是随意一搭，估计是老练和酷吧。我忍不住对他说："拜托你把爪子放在轮上。"

说完我嘀咕："这话我在北京说，怎么到这里还要说？台词一点都没变。"

张弛同学说："你是巡演，都演到波士顿了！"

123

张弛同学收到一封信，雷克萨斯请他去试驾，同时有七十五美元拿，估计就是人家发展潜在客户的意思吧。某个周末我和他一起去了车行。出来接待张弛同学的是一位五十多岁的绅士，一看就是资深业务人员。他见了张弛同学之后马上就说他要试驾的那种车很少，然后问他："你不试驾给你七十五美元行吗？"

张弛同学说："不，我就是为试驾来的。"

这位绅士就进去了，大约二十五分钟之后才出来。这个时间我认为是好国家的好公民让人无端等待的极限时间了。他来了之后还是不情不愿地跟张弛同学说呀说的，想劝他不要开了，但咱家小孩就是要开。这位先生没辙，只好叫了一辆车来，让张弛同学去试。这车只开过十英里，崭崭的新。后座坐一个业务员，对张弛同学说："你小心点开，我就不跟着了。"张弛同学说："好啊。"话音未落，他又改变主意了，说："我还是跟着吧。"

张弛同学大约开了两英里，试驾活动就结束了，我想恐怕那位坐在车里的捏着一大把汗吧，还追着问张弛同学开过多久的车呢。

下车之后我对张弛同学说："人家一看你这岁数就不爱让你开，觉得不靠谱，再一看你后面还跟着你妈，就更不爱让你开，觉得更加不靠谱了。"

张弛同学在博客上记下了这天的活动，他写道：我还以为试驾活动有多么的开心，其实就是绕着那条路开一圈。开的是IS350，比较少的库存，动力是同款中相对比较好的。可是由于当时道路的限制，没有让车或者我有任何的发挥，最快不过开到五十英里，加速的时候还受到了我妈的反对。不过特别高兴的是试驾结束以后，我回家又收到了一封信，是雷克萨斯寄给我的卡，七十五美元。当时真开心，我没付出劳动，就有钱拿。记得后来用这个钱去吃了一顿日本料理，很是满足。

124

我在美国和张弛同学一起待了二十来天，放春假之前他每天功课很紧，恰好又在排节目，一个星期有四五个晚上要在剧场里度过。即使时间这么紧，他也抽空开车带我去看朋友，去逛街，去超市，等等，有时是把我带到市中心，让我自己参观浏览，他下了课再来接我回去。整个春假，他陪我去华盛顿看朋友，我们一起过了一个相当愉快的假期。也可以说是自从他十四岁我带他去海南度假之后又一个真正的假期。

张弛同学上学和排戏很忙，我经常自己去玩，有时候他放学之后来接我，不管是自己出去还是在说好的地点等他，谢天谢地，都没有计划外情况发生。我还去了很多甚至是他从来没逛过的地方。张弛同学很欣慰，感叹我总算没有在美国丢掉。

在美国的日子,他隔两天就带我去一趟超市,挑各种他认为好吃的东西给我吃,他特意挑了好几种奶酪,还买了各种巧克力和蓝莓、黑莓、牛油果等等,还买了红酒和果汁,都要让我尝尝。

有一天他忽然想起什么,说:"对了,应该带你去吃芝士蛋糕。"

我说:"芝士蛋糕中国也不是没有。"

他说:"味道不一样的。"

说走就走。于是马上动身,他开车好几十公里,带我到了一个购物中心,进了一家芝士蛋糕店,样品真是琳琅满目,看上去都是新鲜欲滴,十分诱人。他让我挑,我挑了两种,一种是加了椰蓉和蓝莓的,还有一种是加了巧克力和核桃仁的,都十分好吃。

还有一天张弛同学去上学,傍晚时分匆匆跑回家,手里托着一个垫了餐巾纸的小托盘,对我说:"你快尝尝,还是热的!"

我一看是四块小点心,热腾腾油滋滋的,是我从来没见过的。

张弛同学说:"这是一种意大利点心,学校一年才做一次,我跟同学要了票去换来的。你算是赶上了。"

我不知道这样的小点心学校为什么一年才做一次，也不知道是用什么票去换的，我问张弛同学，他正在忙忙地安排晚上的排练活动，一边打电话，一边给参加排练的同学发E-mail，一边用只言片语仓促地回答我的问题，到现在我也没弄明白到底是怎么回事。

我拿起一块点心，还是热的，一口咬下去，里面有馅，微咸，很香，挺好吃的。想着张弛同学带着这四块小点心急急地一路赶回家，真是很暖心啊。

125

我回到国内，汇钱给张弛同学交学费，张弛同学说："又是交学费，钱花出去买痛苦！"

我说："这个没办法。就跟生小孩一样，痛苦以后就快乐了。"

126

张弛同学上一门课，是中国古文。有一天他给我读《两头蛇》，我听他半文不白地读，随口把意思说给他听，说完我叹曰:"这个咱家抱着就能教的,还用跑这么大老远地去学!"

张弛同学说:"这可是用英文教的,你能用英语教吗?"

我说:"这个倒是不能,不过用英文教中国古文,不是脱裤子放屁吗?"

张弛同学又说:"那不是还混文凭呢吗?"

——可不是嘛。

我说:"你这个理由倒是说服我了。"

127

给张弛同学发一个邮件,我们有如下对话。

我:我写了一个剧本发你看看,等你暑假回来我们可以拍个数字电影。

张弛同学:好,发我邮箱吧。我也正准备写一组后现代的剧本,就是只能发表,不能演的。

我:很好。发了,你看看吧。

张弛同学:哦,还没有到。

我:在路上走呢。

张弛同学:到太平洋了。

我:现在飞过太平洋了吧?

张弛同学：可能到加州了，到波士顿了……

我：到你家了吗？

张弛同学：到了。

我：真不容易。

张弛同学：哈哈！

我：飞得好快。

张弛同学：一万多公里呢。

我：要是人能飞这么快就好了，你肯定一会儿回家一趟。

张弛同学：那我就住家里了。

我：真受不了你！

张弛同学：课间回家喝茶。

我：我被你烦得呀，肯定要被你烦疯的。

张弛同学：哈哈哈！

128

张弛同学在电话里告诉我他下学期选的课，有中国现代文学，大合唱，演员的发声训练，还有一门戏剧表演二（之前他已经上过戏剧表演一了）。他这么说："他们学表演，我学二。"

后来张弛同学告诉我说，这门课老师给了他 A。不过临走的时候他的表演老师对他说：弛啊，你现在不仅表演学得不错，声乐也有非常大的进步，C调已经是炉火纯青了，是时候开始学D（低）调了。

129

张弛同学说：夸奖我的时候不能跟着我的名字，要不然第一眼看起来是"夸张"，哈哈哈！

130

张弛同学跟我说他又要搬家了，先找的一个房子是阁楼，每月不含电费是六百美元，他去看了房子，除了局部高度不够，比如下楼梯要低点头等等，别的都还中意。

他打电话给我，问我："住阁楼没事吧？"我没明白，他补充一句，"从风水上讲有说法没有？"

我知道他要挑一个便宜的房子是很困难的，我说："小孩子百无禁忌，当然没有问题。"

他决定去签合同。

可是结果并没有签下来，因为房主要一签一年，而他还有半年就要毕业了,未来的打算还无法确定,因此只想租半年的。

我对他说:"你跟房东好好说说。"

他说:"我说了,他不同意。"

这样,张弛同学只得放弃这个阁楼再去找别的房子。

几天之后他终于又找到了一处房子,包括电费每月六百美元,但比现在住的这个房子离学校还要远五公里。这个房子在马萨诸塞湾的南岸上,房子往东不到一公里就是海湾,有很多游艇停泊。这个房子是一对三十来岁的年轻夫妇花二十一万美元买的,他们租出一间也是为了收取租金来减低购房的费用。张弛同学去看了之后觉得房子还不错,这个价位又得满足适当的要求,可供选择的房子并不多,他决定租下来。

他在MSN上告诉我这个房子的情况,我们对话如下:

张弛同学:这个房子在一楼哎。

我:你住一楼?

张弛同学:一共就一楼。

我:不知潮湿不?

张弛同学:不吧。

我:离海远不远?

张弛同学:离海不远。

我:有点吓人!在海边,又是在一楼……

张弛同学：不远也有一段距离呢，平静的海，反正我在2012年前就搬走了。

我：好吧。

张弛同学：平静得像你脾气一样的海，哈哈哈！

我：这个更吓人了！

张弛同学：那就根本不能住了……

131

张弛同学告诉我一连几天都在下雨，上学的路上海水都没到街上了，我问他学校没淹掉吧？他说学校没事。

又过了两天我在MSN上问他：你们学校淹掉了吗？

他回答：没有，雨停了。

紧接着他告诉我：我们老师请假没来，他说他家的屋顶被水淹了。

我听了大笑。

张弛同学回国之后我们说起这段，他说：我从昆西每天开车去上学时，必经之路叫作莫利塞林荫大道。林荫倒是没有，可确实是从海边经过的一条路，我们学校就在这条路的尽头。有时下雨数日，或者大海涨潮，这条路的最右边就会被水淹没。那一次东部几个州都是洪水的橙色预警,我早上开车去学校,开到那个经常被水淹的路段时,发现道路根本就是在海平面以下,大海已经侵占了大概四分之三的道路,警车、维修车一大堆,指挥我们像开船一样开过去。到了学校的剧场门口,我发现大门紧闭,上面写着某某课的某某教授请假了,大家只好散去。后来一个相识的老师出来说,这个教授家的屋顶被水淹了。我现在想想也觉得好笑,难道他家的屋顶不是在房屋的最高处吗?

132

我对张弛同学说:"你要好好学习啊。"

张弛同学回答说:"我知道啊,我每天都好好学习,从早到晚都紧死了,女生都不理我了,纷纷要把我介绍给别人。"

我说:"'不要跟女生多说话'。"

张弛同学说:"是的,奶奶。"

我说:"辈分乱了。"

张弛同学:"我奶奶总叫我不要跟女生多说话。"

这里有个背景,张弛同学在美国上学的时候他时常会给爷爷奶奶打打电话,无非就是让他们不要担心。他奶奶经常教育他要好好学习，不要和女生说话，不要出门，更不要喝酒，也最好不要开车，上网也要少上，因为网络很黄很暴力。结果他一毕业，他爷爷奶奶就问他，你什么时候结婚啊？

133

　　张弛同学有相当一段时间每天读书到凌晨3点，我叫他睡他也不睡，说书还没有看完。他用外语读书，和他的同学不可避免是有差距的，如何缩短这个差距，无他，就是多花时间。我问他为什么现在不以为苦，他说有兴趣。反过来说，为什么我们的中小学就不能让张弛同学这样的孩子有兴趣呢？另一个问题，我并不知道有多少孩子对我们中小学学的那点知识是真正有兴趣的。我个人的体会，我一直是学校认为的好学生，但是，我认为小学很乏味，中学好一些，但仍然很无趣。大学最好，不无聊。——以上是我的个人经验，不知别人感受如何。

134

　　张弛同学那边已经是凌晨时分，我看他MSN还亮着，我问他：你还没睡？

他回复：是啊，书还没有读完。《乡下女人》读不懂。

我问他：中文还是英文？

他回复：一七几几年的英文。

我写道：这个就没办法了，帮不上你。你先睡吧，明天再看。

他回复：明天要考试。

我写道：考试你不提前准备？

他回复：就是随堂测验。

我写道：那你快看吧，我就不说什么了。

次日我问他：考试混过去了吗？

他说：估计一百分吧。

我说：要那么高的分数干吗？快早晨了还不睡。

他说：既然学了就要分高一点吧，不学也就算了。

135

张弛同学放暑假了，我在MSN上问他：你去上暑假课了吧？

他：是啊，你当我在美国玩呢！

我：我听你说学期结束了，以为你会喘口气呢。

他：哪里啊？我从来美国就没有休息过。

我：现在好好学，后半辈子就可以好好玩了。

他：现在好好学是为以后更好地累打基础的。

136

张弛同学又回北京来过暑假了。他回来之后我有许多的工作都是围绕他的，这种状态是自然生成的，也就是说我不知不觉就多做了许多的事情。我自己并没有感觉到在做事，但是每天晚上差不多要忙到1点以后才能休息。

我跟他说："现在我每天都有一两个小时的时差。"

我还发现，到了夜晚，我就很累了，我对他说："每天到睡觉前我就只剩一格电了。"

实际上有时候是一格电也不剩了。

有孩子和没有孩子真是大不相同。我对张弛同学说："生一个孩子要两个人，为什么抱孩子的总是一个人？"

张弛同学一听这样的话就叫我不要烦。

我又想了一句话说："我年轻的时候不谨慎，生了一个孩子。"

张弛同学一听这样的话，马上提高了些声音叫我别烦。

137

我家客厅里的空调制冷慢，不算热的时候我懒得开，只开房间里的空调。张弛同学回来后，一进门就说："你家热得跟地狱似的！"丢下这句话就走了。

138

早晨在张弛同学的微博上看到一个外国文凭的图片，仔细一看竟然是我的名字，文凭上说是电脑博士。我很爱电脑，因为没有电脑就不能上网，也不能发稿和写小说，不过我对电脑博士这个头衔没有兴趣。我问他为什么不给我弄个烹饪博士？那样俺上不上得厅堂不说，至少可以下得厨房。张弛同学认为"电脑博士"对我的讽刺并不亚于"烹饪博士"。

139

张弛同学跟我闲聊，说起前几天在MSN上和一个在温哥华上大学的女生聊天："她跟我说，要说过日子其实和谁都一样。两个人在一起住上一年，百科全书都讲完了，不可能还有新鲜感。我说，还是有很多新鲜事情每天不断发生啊。可是后来我自己琢磨了一下，其实不是说没内容说了，而是没有那个心境了。所以结婚、生孩子、过日子，对我来说都是特别恐怖的事情。"

他告诉我说：有一天我做了一个梦，我穿着燕尾服，都打扮好了，准备去结婚。外面有个女的穿着白色的婚纱，在等我，显然那是我老婆。有人在催我快点出去，我一看外面场面十分壮观，然而我就是不肯出去。那种感觉很恐怖，也很绝望。后来居然在一个美国电影里看到了一个一模一样的桥段，也学会一个词叫cold feet，意思就是"临阵退缩"。清醒的时候想想，搞婚礼一定是扯过证的——好在这件事没有真的发生。

我听了不知道该怎么安慰他，也不知道该不该安慰他。

140

在我还不知道张弛同学有没有换新电脑的某天，我在MSN上问他：你在吗？

张弛同学：不在。

我问他：你换新电脑了吗？

张弛同学：换了啊。

我：好用吧？

张弛同学：好用啊，特别好用。太快了，比我反应还快。

我：刚才说你不在，是你的电脑说的吧？

张弛同学：对，我还没说它就自己说了。

我：那真是太快了。

张弛同学：我现在写文章，还没想出写什么就写完了。

我：它还会替你骗你亲妈。

张弛同学：哈哈哈哈！

141

我去商店看见一套全棉的睡衣和张弛同学以前的一套睡衣很相似，想到他的睡衣已经穿得很旧了，就给他买了一套。

我告诉了他，他说："其实可以一套穿到烂再买。"

我说："你那套穿了也有几年了。"

他说："我发现给我买的东西都很值，从来不淘汰，一直用到坏。"

我说："想想也是亲生的！"

他说："是啊，哈哈，全世界都知道你对我好，但是我还穿这破衣服出门……"

142

张弛同学告诉我他花二十美元买了一件羊毛背心，很好很暖和。

我说："你买吧，再买一件。"

他说："不用那么多。"

我说："我希望你过得高兴一点。"

他说："我挺高兴的。"

我说："不能苦小孩。"

他说："没有啊！"

我说："当然一定不要浪费。"

他说："肯定不会浪费。"

我说："就是以后有大钱了也不要浪费，多余的钱要捐给需要帮助的人，回馈社会。"

143

张弛同学去英国上"戏剧在伦敦"这门课,临行前给我写了这样一个E-mail:

来信收到,你爸也给安排了接和住宿。
到了以后电话你或者上网。
天天,别烦

读着这封语句不通语法有问题的信我倍感亲切,信中的"你爸"不是"我爸"的笔误,他是故意这么写的。叫我别烦也不是真的叫我别烦,只是我们之间的打招呼用语,就像我平常写"祝你好",或者"祝你一切顺利"。在我们家几乎祖祖辈辈小辈是不能向长辈说"别烦"这样的话的,到张弛同学这儿全改变了。由此,我终于可以接受"沧海桑田"这个说法了。

张弛同学记载:去英国的前一天我真是忙疯了,要准备所有从外国去外国的材料,上课的书本,换钱,联系送我去机场的朋友……我让我的朋友陪我去换钱,跑了四家美国银行才换到英镑,手里拿着几个女王的头像真是踏实多了。然后我开车回家,洗衣服吃饭,等着朋友开车来接我去他家,因为晚上还要party一下。就在这么多事情的间隙中我还不忘给小程发个邮件,我真是太靠谱了。

144

张弛同学在英国上课,他告诉我去剧院看戏竟然睡着了。我说你到英国就是为看戏的,怎么会睡着?他说老师为了让他们多走些,多看些,日程安排得特别满,一大早出发,每天戏散回到旅店都12点以后了,再加上时差睡不着,一夜也睡不了多一会儿。这么一折腾,看戏的时候就睡着了。

我宽慰他说:"你就看个形式感吧,反正内容我们自己会编。"

张弛同学说:"形式感我会呀,就是想看看人家的内容是怎么弄的。看着看着还睡着了,你说这叫什么事啊?"

我继续宽慰他说:"睡着就睡着吧,反正你玩也玩了,看也看了,我们只当是去英国上托儿所吧。"

张弛同学记录:我们6月29号结课,我30号就到了伦敦。波士顿和伦敦的时差是五个小时。我是早上六点半到的Logan

机场，到达英国是晚上的7点钟。从希思罗机场到住地已经是晚上9点，可是身体的反应完全还是在波士顿的感觉，因为街上的样子都是外国。总之这样的时差很痛苦。第二天开课以后就开始看晚上的戏，几乎就是连轴转。我的犹太教授是一个四十多岁非常勤奋的男子，他说他每天睡七个小时就足够了，于是每天早上大家讨论的时间定在和早餐时间一起，8点钟。这样在英国期间就是每天夜里12点左右睡下，早晨7点起床洗澡准备，8点准时去讨论戏，之后再马不停蹄地去伦敦其他的地方参观游玩，下午再继续看戏。

7月的伦敦还是很热的，我超级怕热，英国居然不用空调！饭店里没有空调睡不好，那么多人扎堆的剧场竟然也没有空调。疲倦加上缺氧脑子不听使唤，犯困也就在所难免了。

145

教张弛同学英国戏剧这门课的老师就是他在《性还是奶酪》那篇小文中提到的罗伯特（Robert Lublin）老师，张弛同学对他的评价是人非常聪明，而且相当热爱戏剧。这次到英国，就是他带队。

张弛同学认识几个在英国读书的女同学，据他说有清华学术桥的同学，也有中学的同学，以及同学的同学，来英国之前他在校内网上发了信息，到了之后跟她们见了面。

罗伯特老师对张弛同学说："我看你是走哪儿都有女孩子啊！"

张弛同学把老师的这句话看作是对他的褒扬。

罗伯特老师对张弛同学还有一句很高的评价，他说："你是我的这些学生当中演得最像的一个人。"

张弛同学对这句话的解读是：老师认为他不但舞台上演得不错，生活中也演得不错。张弛同学告诉我的时候开心地哈哈大笑。

张弛同学记录：我们所有人一起开会的时候，罗伯特老师特别提到了我是团队里面最负责、最成熟、最努力的。因为我之前已经上过他的四门课，最差的成绩是A－。罗伯特老师是戏剧系的主任，也是表演艺术学院的院长，为人非常严格，以阅读多、课程难和作业多著称。我觉得要不是遇到他我在美国的努力程度至少要减去一半。

有一个学期我上了两门他的课，我的同学觉得我疯了。罗伯特老师在上课时看见我，说："你同一个学期上两门我的课，看来你不了解我。"后来我只好加倍努力，怕过不了，最后没想到都能得到A，所以有时候严师确实出高徒。他对我的印象比较好大概是因为我每做一件不在计划之内的事情都会提前和他沟通，听取他的意见。当然，美国人基本上不会对任何合理的事情说不的。此外，在旅行途中我也总是很准时，作业按时完成，基本上就是个听话的孩子。哦哦哦，原来美国人也喜欢听话的孩子。

146

张弛同学告诉我他上课导一个戏，戏里有一些色情的内容，老师对他说你的色情度不够，还要加强。

他说老师这么对他说："我不是要你增加色情的动作，而是要你把那些平常的内容和正常的对话表现得色情，非常色情，越色情越好。而真正色情的地方倒不用特别使劲，自然就好。"

张弛同学对我说："我觉得太难了。"他告诉我，这出戏是 *House of Blue Leaves*，属于很有名的美国近代戏剧，戏中的女主角和男主角相爱了，但是女主角就是不肯做饭给男主角吃，因为她觉得自己最大的优点就是做饭，要等到结婚以后才可以把手艺拿出来。而男主角只想要他女朋友给他做一顿饭。我导的是他们互相交锋的一段，正是男主角想让女主角为他做饭的一小段。戏中女主角说：你要睡觉，我二话不说跟你睡了，你现在还得寸进尺，要我给你做饭？不可以，我要等我们一起到了加州，我的结婚戒指稳稳地戴在我的无名指上，到时候我绝对不会吝啬，我一定会给你做饭的。老师想要我做的就是把男主角要女主角做饭这一段，排成男主角想要睡女主角，但是女主角不肯的感觉。而要把他们谈论性爱的台词，变成普通的，就像说吃饭喝水一样的那种感觉。这个真的不太简单，因为这种感觉拿不好。后来的考试表演中演员果然没有达到我要的状态，不过老师很理解我们，最后还是给了一个不错的成绩。

我说："你们这位老师真是行家。"

"就是啊。"张弛同学说，"我们这个老师是一个很有名的导演。"

147

张弛同学跟我说到小剧场，他告诉我说美国小剧场一般是四十美元一张票，背后是吧台卖酒，主要赚的是酒钱。

我对他说中国的小剧场一般不卖酒，比如人艺小剧场，只是观剧。有一些戏剧酒吧是卖酒和饮料的，但那又似乎以酒吧为主。

张弛同学说在美国，人家一家子会去看个小剧场。

我说在中国很少有一家子去看小剧场的。

张弛同学说是啊，就说我认识的人，也基本都是不看戏的。成功不成功、混得好不好的都不看。我的一个同学二十多岁了才第一次进剧场，还是人家送的票，跟着他妈去看了一个烂戏，看完出来说：这个戏好啊，演员演得好，看到最后都哭了！——"看哭了"好像就是老百姓评价一个文艺作品最牛的说辞。

我说其实在20世纪30年代的时候，中国的戏剧舞台一度很活跃。

张弛同学说中国戏剧最鼎盛的大概就是20世纪30年代吧，之后就慢慢倒退了。观众是需要培养的，不然舞台形式弄丰富了，票不一定卖得掉。

张弛同学给我讲了一些细节，他说：我提到的这部戏是在Boston theater district中的Charles Playhouse上演的戏，叫作 *Shear Madness*，可能翻译过来可以叫作《疯狂理发店》，是全美演出时间最长寿的戏，并因此上了吉尼斯世界纪录。特别值得介绍的是，我的表演老师Michael Fennimore是此剧的导演，并且在戏里扮演一个警察。他在表演课中告诉我，他可以让我去免费看戏。有一天我跑去了，因为剧中所有的角色都是AB角,那天他正好不在。我和剧场工作人员说明了来意之后,卖票的先生撕了一张票给我,没要我交钱,进去以后还给我安排了一个非常好的座位。特别值得一说的是,我完全被此戏的形式征服了。要是当时我年满二十一岁,肯定也点杯酒小酌着看戏。

148

张弛同学说到爱迪生的那句关于天才的名言时说:"以前在小学中学的时候老听说'天才是百分之九十九的汗水加百分之一的灵感',勤奋被强调得那么重要,其实光靠勤奋对有些事情是有用的,对有些事情可能根本就没有用。"

我说:"可不是嘛,光靠汗水挖地可能行,发明创造就不一定了。"

张弛同学说:"其实人家爱迪生这句话完整的是:'天才是百分之九十九的汗水加百分之一的灵感,但那百分之一的灵感是最重要的,甚至比那百分之九十九的汗水都要重要。'老师一说就是前半句,后半句就不说了。其实要是没有后面这半句,那就不是爱迪生要说的原意。我不知道他们为什么要这样。"

我说:"老师充分强调勤奋才能鼓励大多数,就是大拨轰羊呗。你听说过没有——有人说教育不培养精英,教育只是让本来很差的人不那么差,成为精英是各人自己的事。"

张弛同学说:"但是,如果没有这后半句话,估计爱迪生根本就不说了。"

张弛同学说:什么是天才?那是在有了聪明才智以后,再加努力,才会有的结果。美国的教授都很直言不讳地说,一个人的建树,是基于他先天的禀赋和后天的努力的。尽管天赋可能是有限的,而努力可能是没止境的,但是如果天赋到了尽头,再怎么努力,估计也只是徒劳。当然,天才还有一个被承认的过程。如果一个天才一直没有被广泛地承认,换句话说,就是没有进入主流,那就遗憾得很,可能也就被埋没了。举个例子来说,我们学的戏剧史或者文学史,在美国的教科书上,是完全不提亚洲、非洲、拉丁美洲和大洋洲的,提到的只是美国和欧洲,而且欧洲也几乎只局限于英国、德国、法国、意大利、瑞典等,早期的还会提一下古希腊和古罗马。像我们这种生下来就是有色人种的人,是根本不可能进入那主流文化的,白人之中的男人才是世界上最主流的。美国的沙文主义是相当明显的,我想要是斯坦尼斯拉夫斯基不是俄国人,或者世界上一直没有过莫斯科艺术剧院的话,那么恐怕连俄罗斯的戏剧都不会被美国人写进戏剧史中了。

我说，一方面是戏剧，一方面是话语权，所以，衡量艺术好坏的标准永远不会是单纯的艺术标准。

149

张弛同学告诉我：他在剧场里一百个小时没有出错，所以老师让他担任舞台总监。

他告诉我第一次上workshop in drama课的时候，老师让他们自己选想做什么，他发现他迷失了，不知道要做什么。但是他的美国同学都特别有主意，他们把几乎能选的音乐、舞美、道具、服装、灯光等都选完了，到他这里只剩下不多的几个职位。他想选舞台总监助理，老师没有批准，认为他没有经验，推荐了可能更适合他的——就是在灯光调暗之后到舞台上去更换道具。他没有二话欣然接受了这个工作。他告诉我这个工作其实也并不像他想象的那么简单，因为一切动作可能只有十五到三十秒的时间去完成，而且环境是完全黑暗的，暗到观众根本看不见舞台上在发生什么。有个细节，为了让摆放的桌子位置准确，他在地上放了一个小小的图钉，老师发现了，表扬了他。这给了他触动，他这样说："做好最基础的工作，赢得别人的信任，别人才会给你更大的空间去施展，这是我通过这份工作学到的。"

我真没想到张弛同学会以如此虔敬的心去对待这样一份工作，而且是一份在黑暗中的工作——你做得再好，没有人看见，你做得不好，灯一亮却是每个人都能看得清清楚楚。放大了说，在我们的生活中，有多少人在默默地做着类似的工作，有多少人在黑暗中默默奉献，而且很可能一做就是一辈子。——我这样对他说，他深表赞同。张弛同学小小年纪就有了这样的锻炼，在我看来，对他的人生大有好处。

张弛同学着迷于剧场和舞台，说起来滔滔不绝。作为班里唯一的亚洲人，张弛同学说人家肯带他玩已经很开心了。一般做得好的人可以在下一步晋升为舞台总监助理，也许是老师为了褒奖他，第三台戏他直接做了舞台总监。

我很高兴他能找到自己有兴趣的事情，要是还留他在家里，叫他进厨房工作，别说一百个小时不出错，估计煮个开水也给你煮干了。所以说兴趣对孩子来说实在是太重要了。

150

进入大四毕业前的最后一个学期，张弛同学所在的戏剧系还有戏上演，剧的名字叫 *Hedda*。张弛同学说这是一个改编剧，是改编自英国女戏剧家Lucy Kirkwood在她二十多岁时改编自易卜生所写的 *Hedda Gabler* 的作品。

导演是戏剧系的副系主任，毕业于纽约大学戏剧教育系的Carrie Ann Queen教授。他们之前合作的 *Wit? Or Without You!* 非常成功，所以这次张弛同学又有幸担任了舞台总监。

我问他舞台总监到底是做啥的，他简单说了说。我没好意思追着细问，反正有个"总"字儿，听上去蛮像那么回事的。

151

张弛同学在学校排戏演戏，他说以为演戏没有什么压力，结果发现压力还是挺大的。首先是时间，大把大把的时间要泡在剧场里，这是任谁也帮不了他的。他告诉我他们学校演莎士比亚的《仲夏夜之梦》，他饰演里面的一个裁缝。我不记得这个裁缝是咋回事了，回头把剧本再翻一下。他跟我说有一天排练莎士比亚的十四行诗，他是班上最好的三个人之一，可是一到正式表演的时候，他在某一句上卡了一下，他觉得那句话的语法似乎有问题，顿时把所有的台词都忘光了。

我笑话他："你一个外国人，还能知道人家的语法有问题?"我问他,"你向老师解释了吗?"

他说:"没有,因为当时的感觉很崩溃。"他又说,"我从来没有遇到过这样的事。"

我安慰他说:"你才多大,没遇到过的事情多着呢。回头等情绪好了,在合适的时候跟老师解释一下。"

他很和顺地答应了。

这孩子这点特别好,听人劝,吃饱饭。

对张弛同学我一向是抱着的。比如他把台词忘了,我不会说"你是不是没弄熟呀?"更不会说诸如"你肯定是功夫不到家"这样武断的话。虽然我可能会这样想,但我一定不会这样说。所以说,姜还是老的辣嘛。我对张弛同学倒是会这样说:"你很好啦,你想想什么老外在中国能演戏的,不就是大山那些人吗?"

我很容易看到张弛同学的成绩,所以张弛同学总有新成绩。

后来张弛同学对我说,这出戏让他体会到了演员在舞台上和观众互动的那种感觉,他领悟到演员和观众在某种意义上是一个整体。

152

张弛同学说他终于在学校的一个新戏 *Wit? Or Without You!* 中担任舞台总监。这个戏连演了五场,获得了巨大的成功。张弛同学和他的四个同学被选拔去参加第二年1月份的美国大学生戏剧节,据张弛同学说他的老师说在他还是学生的时候就有这个戏剧节,能进入这个戏剧节是一种殊荣。张弛同学把这个戏的海报拍了照片贴在自己的博客上,里面有一句话,"感谢我的妈妈在我年轻的时候带我去剧场"。——海报印制前没拿到我这儿来送审,要是让我看一眼,我一定会让他们首先感谢党,感谢国家,感谢政府,再感谢居委会,感谢托儿所,感谢幼儿园,感谢小学,感谢中学,感谢留学预备班,感谢新东方,感谢环球雅思学校,感谢他爹,等等等等,而他妈其实是最没必要感谢的,因为她做了一个普通妇女应该做的事。

153

张弛同学通过了毕业作文,甚为高兴。据说这个文章历史上每学期的通过率只有百分之十八,他打电话问了一圈人,不少同学没有通过。今年他又上了院长名单,他在电话里对我说:"我的一位海地同学说如果是他上了院长名单,家里就可以吃一个月的肉了。"

我听了十分振奋,很为张弛同学高兴。

我对张弛同学的爹说:"我们也可以吃一个月的肉啦。"

可是他爹连着两天买回来的都是茄子。

154

张弛同学大学顺利毕业,他比原计划提前了半年,也就是说他只用了三年半时间就读完了大学,是他们同期去美国第一个毕业的。毕业典礼要来年5月份,连毕业证书也要等到下学期才能做好,尽管我们没有见到毕业典礼,甚至也没有看到毕业证书,但是他毕业这件事本身还是令我们全家非常高兴。

我悄悄对他说:"我这一把算是赌赢了,我从来没有赢得这么大过。"

我对他说:"如今我算是成功人士了!"

我还对他说:"其实赢不赢对我来说真没什么,你怎么样我都会支持你的，我会让你的路尽量走得顺，但是，假如你失败了，其实我们对方方面面都很难交代，尽管我们自己可以换条赛道从头再来，但压力总归是存在的。"

张弛同学认同我说的。

155

张弛同学兴高采烈地告诉我他以舞台总监的身份获得了去参加肯尼迪艺术中心全美大学生戏剧节（Kennedy Center American College Theater Festival，KCACTF）的机会，据他说这是他们学校戏剧系成立三十六年来第一次有舞台总监参加。他说，我太开心了，当时我们的 *Wit? Or Without You!* 在演第四场的时候，台下来了两个人，就是戏剧节的评委。在整个戏演完以后，对我们这台戏从艺术细节到技术细节都做了全面的点评。我们这台戏的演员有三十多个，其中四个演员被提名参加戏剧节。我是唯一一个作为技术部门被提名参加戏剧节的工作人员。

张弛同学告诉我：舞台总监这类职位在戏剧节开办的前几十年是不被邀请参加的，后来增设了舞台总监提名，但他们学校的戏都比较经典，舞台总监没有太多的事情要做，所以在他之前没有任何一个舞台总监被提名过。而这一次的戏，由于他们在探索新戏剧策略，增加了大量的舞美变换，在道具使用和灯光的设计上也添加了很多巧思。比如灯光方面有很大的创意，最后光灯组就达到了三百多个。在音乐方面，他们不光有配乐，还有现场的演奏。这些事情都需要舞台总监调度和协调。所以张弛同学说自己等于占了个便宜，赶上了一次难活儿，因此得到了提名。

156

张弛同学得了 The John Conlon Prize in Theatre Arts 奖，这个奖是他们的学院奖，每年产生一个，评给当年最优秀的毕业生。每年学校在毕业典礼上都会发一本这一年的毕业手册，上面会介绍谁得奖了，张弛同学的名字也被写在了他那年的毕业手册上，他说感觉很光荣。

他是回国之后在家里接到这个喜讯的，是他的一个同学写 E-mail 告诉他的。我问他为什么学校会给他这个奖？他说是因为他学习好和参加全美大学生戏剧节表现出色。他告诉我这个奖全系只有一个人得，我说他们竟然把奖给一个外国人，而且你都已经回国了，他们也不拿这个奖照顾眼前的自己人？张弛同学说是啊,他们果真就是这样。

几个星期之后张弛同学拿到了那张辗转而来的奖状——他的教授把奖状转交给了他的朋友,他的朋友从波士顿帮他寄回了北京。其实就是一张小纸,但对他的意义非凡。不仅是对他在美国学习获取的成果的肯定,还犹如一束光,照亮他的未来生活。

第 四 章

艺术和日常

张弛同学毕业之后本想在美国实习一段，但是他突然之间就决定回国了。2011年2月他回到北京。回来之前他打电话给他爹，问回北京能不能找到工作，他爹说你回来再说。结果他到家之后他爹并没有为他找好一份现成的工作。

这里要稍稍交代一下背景。张弛同学的爹上进有为，他还有一大优点就是清正廉洁，在我们眼里是一个堪称模范的党员干部。他当了十几年正局级领导，毫不夸张地说没有以权谋私为老婆孩子做过一件不合规的事情，当然，我们也从来没有麻烦过他。凭我们对他的了解，找他也不会做的。再多说似乎有自夸之嫌，但确是句句属实。所以，张弛同学找工作就是让他爹出个面也极其困难，他若想拼爹那是完全不可能的。

张弛同学刚回国举步维艰，他心里的落差非常之大。

有位叔叔热情地邀请张弛同学去他公司上班。这位叔叔的主业不是做影视，有一家正处于起步阶段的小影视公司。张弛同学每天去国贸附近上班，早晨由西向东穿过长安街，晚上由东向西穿过长安街，上下班都是堵车高峰，一趟单程要两个小时，一天在路上就要花四个小时。那是CBD寸土寸金之地，公司附近没有免费停车的地方，一天的停车费至少要五十块。他的收入基本只够支付上下班的交通费和中午的一顿饭费。

这倒还好。平心而论，如果光是生活，起步有这样一份工作已然不错。堵车可以坐地铁，钱不够可以回家吃饭，无数年轻人都是从磨砺中过来的。然而，张弛同学刚刚毕业回来，还没有经过摔打，满脑子大展宏图的理想，想尽快实现他的艺术梦，因此便和现实产生了非常大的距离。

一个偶然的机会，张弛同学换了工作。

《人民画报》社长是看着张弛同学从小长大的，在某次聚会碰到张弛同学，问起他的工作，主动提出让他去他单位工作。于是张弛同学去了《人民画报》社市场部，在那里做活动、拉广告、推销杂志等等。市场部需要有很强的人脉关系，用张弛同学的话说，其实就是"拼爹部"——别人以为这会是他的强项，但恰恰是他的短板。最主要的是，张弛同学的理想是艺术，而不是一份用来养家糊口的工作。他痛苦地徘徊于现实与理想之间，对上班这件事打不起精神，在坚持了一年之后他辞去了这份工作。

辞职之后张弛同学自己找到一位朋友介绍他认识了著名青年导演宁浩，不久他去了宁浩导演的公司工作。

这是张弛同学朝自己的理想迈出的大大的一步。

张弛同学到了宁浩公司之后，因为筹备剧本有一段时间住在宋庄的工作室，经常是一两个月不回家一趟。特别忙的时候我和他打电话都是匆匆忙忙的，没空多聊。张弛同学告诉我，宋庄的工作室一共有一千五百平方米，所有的事情基本上要靠自己来弄。比如冬天供暖，他会去煤场买煤，看着煤贩子的小卡车过磅，然后开到院子里把煤卸下来。每天晚上他都会自己去给炉子里添几勺煤，让房间保持一个合理的温度。在这里他学会了踏实做事，凡事上心。他做的最多的是参与艺术创作，他全程参与了电影《心花路放》的创作与拍摄，担任副导演，在电视剧《黄金大劫案》中做文学统筹，等等，跟着宁浩导演和同事们学到了很多东西，这是他最大的收获。

再之后张弛同学与朋友合开影视公司，拍摄网剧《后宫那些事儿》，当导演和制片人；在电影《恋爱中的城市》（上海篇）当执行导演；创作的青春励志电影《破浪》入选上海电影节创投市场与中国导演协会青葱计划；他导演的《那个叫父亲的陌生人》获得海峡两岸金燕子电影节最佳导演奖，并入选武汉国际艺术电影展特别推荐电影单元……

张弛同学说：对我来说，工作必须是可以让我前进和上升的。回国的第一份工作，每天开车两个小时到办公室，坐在电脑前无所事事。我不会觉得工资低，但是我会觉得我是一个没有用处的人，所以为了不当废物，我还是走了。第二份工作，每天开车半小时到单位，然后坐在电脑前无所事事。我坐了几天班就烦了。我一直在想，难道我什么也做不了吗？后来证明不是，我发现我能做的事情还挺多的。所以，我个人的经验，有时候果断辞职是必需的，也是难能可贵的，因为你的生活很可能从此有了一个转折，甚至是一个很好的开端。

1

张弛同学一边在现实生活中摸爬滚打，一边念念不忘心中的艺术理想。他置了一堆宜家的桌子椅子台灯之类，说是要开始写作了。他是这样说的："别吵了，我要好好写了。"如果按小时计算，他单位时间创作的字数超过我，真说不好他会不会有一天就成了作家，或者是剧作家，如果真是这样，那生一个作家不是太容易了吗？中国作家协会有长篇扶持计划，不知以后是不是会改成作家生育扶持计划——一个有了构思的作家一年之内可能写不出一部长篇，但一个怀孕的作家一年之内肯定能生出一个孩子。

张弛同学说："将来中国作协对文学创作的扶持可以分两个方面，一是扶持作家创作，二是扶持作家生育。"

我对他说："你比我务实而且有创意。"

哈哈。

2

我建议张弛同学平常随手做些笔记，把生活中的一些事记下来，以后在工作的空当中写本书。其实写不写书倒在其次，注重观察可能对他以后从事的事情也是有帮助的。他从善如流地接受了我的建议，据说出门旅行呀什么的都做了笔记。这孩子好，听话，所以我打算在文学的道路上有机会就抱着他，能抱多远抱多远。

张弛同学认为走文学的道路光靠一个细腻的心思还不够，他跟我说他要从主题、故事、人物、细节、意义这几方面都想通，才可以下笔写一个东西。我说：我写作不去细想这些。

他问我,那你怎么写?我说有感觉就可以写啊。他说:你的意思是说瞎写的吗?我说:对,用你的意思我可不就是瞎写的。

他笑说:"江湖上有一种人,不想传授他们的技艺的时候都是这样胡言乱语。"

3

有朋友问张弛同学的理想是什么?他说:"说得大点就是从事艺术工作,说得具体点就是想拍电影。当然,如果没有这个天才,那就开个小超市。"

我觉得他挺务实。

某天闲扯,我问他有了钱准备做什么。

他说:"能做的事情很多。"

我说:"你能说得具体一点吗?"

他说:"比如买房。"

我说:"买完了房呢?"

他说:"比如买车。"

我说:"车也买完了。"

他说:"总体提高一下生活质量。"

我说:"生活质量已经提得很高了。"

他说:"我就想周游一下世界,到处看看。"

我说:"世界也周游了,到处都看过了。"

他脸上出现了片刻的茫然,想了想说:"那就做点自己喜欢的事。"

我问他:"做什么呢?"

他说:"比如艺术创作。"

我说:"你现在就在做啊。"

"对啊!"他说,然后他笑了,"其实,说到底,金钱是无法真正满足内心需要的,我们早就知道这点,所以我们都热爱艺术。"

4

在聊到艺术观的时候张弛同学对我说:"以前我看什么都觉得好,不管是戏还是电视还是文章都觉得好,突然有一天,我有了价值观,知道什么是真好,什么并不真的那么好。"

"这便是学坏的开始。"我跟他开玩笑说,"就相当于亚当被蛇诱惑偷吃了智慧果。"

张弛同学说:"是啊,有了价值观之后开始每天都很痛苦,之前每天都很快乐。"

我嘲讽道:"这下子可就艺术家了!"

张弛同学说:"估计也是看多了看出门道了。"

我说:"估计是你妈的基因爆发了。"

5

一天邮递员送来了当期的《西湖》文学杂志,打开一看,上面发表了张弛同学的文章《生命的穿越》,我非常高兴。张弛同学早写了这个文章,写的是我们在美国的一位朋友,我看了觉得他写得不错,但也没有往发表上想。有一天看见《西湖》杂志封面上写着这样一句话——"新锐出发的地方",我马上想到我们家除了新买的剪子还有张弛同学也是可以当新锐的,于是就把他的文章发给了一位编辑朋友。不久竟然发表了。

不过张弛同学表示他不会走文学道路,他的理想没变,仍然是要从事影视工作。他说:"你别怕我抢你的饭碗,我不当作家,太累了。"

6

事情太多记不住,我必须做备忘。起先写在纸上,后来写在本子上，经常一开就是一大篇。当然，有些事情写下来也不会做，或者因为各种原因一直没有做，虽说是备忘，备着备着还是忘了。

某天张弛同学看到我摊在桌上的备忘录，事无巨细罗列了许多条。他说："以后洗衣服熨衣服去超市买菜买牛奶这些就不用专门做个备忘录了，这不是家庭主妇应该做的吗？"

又一天我找不到备忘录了，张弛同学大笑说："以后你还得再做个备忘写上备忘录在哪里。"

7

一天，外面刮起了沙尘暴，黄沙漫天，遮云蔽日，空气非常浑浊。张弛同学在这样的天气中十分烦闷。他从房间出来，看见我问我："是你弄的吗？"

我说："不是。"

他说："那你去弄好。"

我说："抱歉，没这个本事。"

天，他把自己妈妈当谁了。

8

和张弛同学一起去世纪坛看电影,出来时走散了,我四处找他。一位工作人员问我找什么,我说找小孩,她仔细地问了是男孩还是女孩,是不是很小,比我还着急。我说没关系,他很大了。我还说要是他很小,我肯定会急疯的,不会如此镇定。

不一会儿,张弛同学从另一个门里走了过来,那位工作人员一看是这么大的孩子,忍不住笑了。

张弛同学的说法是工作人员太不矜持了,居然笑了。

9

和张弛同学出去吃饭,领座的小姐说今晚有大厨师出来带小孩子做点心,只要亲生的母子都能参加。我和张弛同学同时向她发问,我问她:"长大的孩子可以吗?"张弛同学问:"和后妈一起行吗?"小姐给的都是肯定的答复,但我敏锐地发现我在她眼睛里似乎立刻就成了后妈。于是后妈和长大的孩子还是果断换了一家餐馆吃饭。

10

张弛同学没有青春期的叛逆,他爹和我叫他出去吃饭见人他一直很乐意。但有一些饭局有人喝多了酒话特别多,絮絮叨叨没个完,而且是车轱辘话来回说,就像循环播放一般可以重复上无数遍,遇到这样的人大家还只得好脾气地陪着。还有的人喝多了激动,嗓门特别大,当然话也不会少。

某天约吃饭又有酒后话多的人,张弛同学说:"我能进门说一句'让我们安安静静吃顿饭'吗?"

我说:"当然不能。"

他问我:"我要是说了会怎样?"

我说:"那就没人再跟你说一句话了。"

11

我出去和一帮老朋友吃饭,其中有在国外定居的,张弛同学非要说他们是中外谍报方面接头的,只有我是真正去玩的。他说因为我不知情,所以对他们起到了很好的掩护作用。他还编出了每个人的背景,谁是哪边的人,谁是谁的上线,谁跟谁假扮夫妻，全是在我的追问下临时现编的，编得那叫一个有鼻子有眼而且滴水不漏。我说他："我唯一相信你是真的，因为你是投胎来的，而且绝不会是拿了某某组织或机构的经费充了值来投胎的。"

他听了叹气，笑说："我就是自己的背景不好编，要编我只好说是让外星人调包了。"

12

张弛同学几乎是不知不觉间就会写文章了。他闲来无事，写了篇文章贴在微博上，引起了《经济观察报》的一位编辑的注意，她辗转找到她的同学作家王芫，又找到我，然后找到张弛同学，问他能不能把这篇文章在她供职的报纸上发表一下。于是这篇本来只是写着玩的文章就被发表了出来。

张弛同学写的这篇文章题目是《从美剧看美国人的价值观》，写得真是很有见地，我忽然发现他的文章一下子成熟多了，而且也没什么错别字了，连标点符号也用得中规中矩。

这篇文章挣了九百多块钱的稿费，张弛同学很高兴，他说："真是无心插柳柳成荫啊。"

这是张弛同学的文章：

从美剧看美国人的价值观

美国尽管文化多元,但一涉及所谓"美国精神"这类基本的价值观体系,则变得保守而恒定,诸如家庭至上,互帮互助的爱情,健康向上的生活,诚实善良,团队合作,保持对生活的希望,等等。这些价值观充斥着我们能收看到的各种类型的美剧:《迷失》《行尸走肉》《无耻之徒》《尼基塔》《绿灯侠》等等。虽然时下流行"价值观输出"说,但我个人认为这更多是因为美国的长期稳定发展使得社会的价值观也处于相对恒定期的自然流露,而非美式意志的刻意输出。

最近比较火的《绝命毒师》和《摩登家庭》,更是突出体现了美国编剧成熟的塑造人物和制造社会话题的能力,所有的与主流价值观相悖的但是又有着十足戏剧性的情节都被编剧很有技巧地保留了下来。

家庭至上

如果我们写一个老头为了去买一辆哈雷摩托而决定去贩毒时,我们一定觉得这个人是坏人,以此人为主角的戏剧我们是不爱看的,至少我们不同情这个主角。可是《绝命毒师》中的男主角Walter是一个人到中年碌碌无为的高中化学老师,他在最近的一次体检中被查出患有癌症,他年过四十的家庭主妇老婆意外怀孕,十六岁的大儿子是一个小儿麻痹症患者。资本主义的好处是发达的金融系统可以使有工作的你提早二十年甚至四十年享受房子和车子。为了让家人活下去和继续接受教育,化学老师Walter决定利用自己的专业能力,在所剩无几的日子里,快速挣够一家以后生活所需要的金钱,这让Walter只有一个选择,制造冰毒。

所有关于主角Walter的戏剧推动力都来自美国人的传统价值观——家庭至上,并为受主流文化影响的观众所接受。所以在看到Walter一次次在制造分销冰毒遇到危机时,他们为他紧张,而暂时忽略了毒品对社会的危害。因为Walter制造冰毒的初衷是为了家庭,而且整个剧都在营造一个亚文化(Subculture)气氛,因为在美国,如果Walter不制造冰毒,也总是有别人在制造,而Walter并没有对社会造成更大的危害,只是保持了现有水平而已。

《绝命毒师》的男二号Pinkman是Walter曾经的学生,此人属于混世小魔王,生活完全没有目标,酗酒,吸毒,干坏事,基本上属于一个跟美国梦对着干的角色。但是Pinkman身上的小富即安(贩毒挣到点钱就醉生梦死,吸毒找乐),对爱情的真挚,对孩子的宽容理解和喜爱,甚至对讨厌自己信教父母的不反抗，体现了他本质上的乐观与善良，且浪子回头金不换，他一直在试图回归主流，身上也充溢着人性的善，这也就是为什么观众在讨厌 Pinkman 所做的一些"坏"选择的同时，觉得他还是一个有希望的人。

情爱关系

《摩登家庭》的人物设置不仅切合了美国社会发展的现状，又把人物关系和戏剧性推向了极致。三个小家庭组成了一个大家庭，而三个家庭的多样性基本勾画了美国绝大多数家庭的蓝图。一对人到中年遇到各自中年危机的夫妻 Clair 和 Phil；老夫少妻，丈夫 Jay 是美国传统保守的成功商人，妻子 Gloria 是来自异域哥伦比亚的绝美少妇；一对领养了越南孤儿 Lily 的男性同性恋 Mitchell 和 Cameron。

美国传统价值观是提倡适龄男女组成一个中产阶级家庭并且育有儿女，Clair 和 Phil 有三个孩子，妻子是家庭主妇，Phil 是全家的经济支柱，以卖房子赚取中介费生活。他们住着学区房，为今年去意大利还是巴黎度假思量，为日复一日没有变化的生活苦恼，他们是典型的美国中产阶级，他们代表了传统。

更进一步，Gloria 和 Jay 是一个相信爱情的拜金女和一个老年保守成功商人的组合。Gloria虽然对物质生活有无尽的追求，但又确实是做到了美国传统爱情观中的从一而终。这里倒显得国内小女孩们的物质欲太高，Gloria上街背的就是个Coach，而现在国内的小女孩们，已经在追求更昂贵的奢侈品牌。而Jay的眼里也没有别的女性，心中的最爱就是Gloria。虽然Jay有着他心目中的美国传统（比如圣诞夜一定要穿酒红色的睡衣，圣诞节当天要在树下拆礼物），但是在日常的生活中，Jay愿意为Gloria和她与前夫生的孩子Manny带来的哥伦比亚习俗做出改变。他对自己非亲生儿子Manny视如己出，平等地和Manny进行男人的对话等等，所以Jay和Gloria这一对组合虽然稍显激进，但还是表达了美国人永远放不下的主题：爱，真爱，大爱，命中注定的爱。

  对于传统反抗最激烈的便是Mitchell和Cameron组成的同性恋家庭。美国现在正在推行通过同性恋合法婚姻的法案，已有十几个州允许同性恋结婚。但美国人绝对不会提倡大家都去搞基。这在Mitchell和Cameron两个人的戏上就能看出来，编剧对于Mitchell和Cameron的生活是完全没有任何性描写，两个人不会在同一张床上出现，也不会接吻，就连正常的亲面颊都控制到最低。因为任何同性恋之间的亲密行为，即使在美国的电视台播出都会引起一部分人的不适。

反歧视

反歧视是永远的政治正确。中国考生擅长考托福，因为托福总有套路：男生错误，女生正确；白人错误，少数族裔正确；白领错误，管子工正确……套路之所以如此清晰，就是因为怕碰触到"歧视"这个严格的底线，否则只能吃不了兜着走。

Mitchell 和 Cameron 组成的一对男同性恋家庭领养了越南孤儿 Lily，当 Lily 需要上幼儿园时，幼儿园要家长带着孩子去面试。他们听说幼儿园为了使学生的构成更加多样性，同性恋抚养的孤儿便成了香饽饽，因为美国社会注重个体的差异，更会为了"少数人"放宽标准。可是当 Mitchell 和 Cameron 兴致勃勃地带 Lily 来到幼儿园面试的时候，突然发现一对女同性恋也带来了一个领养的孤儿将一起面试。其中一位女士是坐在轮椅上的印度人，另一位女士是白人，而她们领养的孩子是非洲的孤儿。跨种族残疾女同性恋家庭领养的非洲孤儿成了绝对的"少数"，所以 Mitchell 和 Cameron 的女儿 Lily 未能成功上到那所幼儿园。

总结

美国人的价值观足够开放,但是在遇到社会禁忌的时候却又十分保守,因为每个编剧心中都有一把尺子,这把尺子就是美国核心价值观,美剧的成熟是建立在全体美国人都具有的价值观上,而美国的传统价值观如家庭至上等也都具有普世性,这也是美国之外的观众能看懂美剧,也能喜欢美剧的道理。

13

张弛同学颇为得意地说自己也学会了写文章,我说你天生就该会的,他问我为什么,我说我早就给你装了这个软件,不过就是需要激活一下。他不以为然,说根本就不是这么回事。他说:"我是通过自己努力一点一点学会的。"

14

张弛同学说:"在外面经常有人问我这个你会吗,那个你会吗,我说我没做过,但是可以试试。"他又说,"我在大学里学到的最好的一点是,不是教你掌握知识,而是教你如何去获得解决问题的方法。"

15

张弛同学就像夜行动物一样到了晚上就精神十足，他看书、看电影、写作都要耗到夜深人静。一般两三点钟他才睡觉，睡前他要把家里灯开亮，然后忙上一通才能安静下来。而他这一系列的动作往往会把我吵醒。有一天他又把我吵醒了，我说他："你每天演出结束谢幕要把灯都开亮，然后满世界鞠躬，每天夜里都把我吵醒你知道不知道？我快疯了。"

16

某日在家接到一个电话，对方只说了一个字"妈——"，我就告诉他打错了。此人无疑不知道我家小孩读了十几年书加上勤学苦练就没学会叫妈。所以不用说，凡是开口上来叫妈的电话都是打错的，或者就是骗子打来的。

我把这事写在微博上，我的一位学弟发表评论说："师姐教子，真是神机妙算，早就料到了会有这样的诈骗电话。"

我也真希望自己有这样的脑子啊。

张弛同学给我讲过一个类似的诈骗事件，一个朋友在外地上学，她妈妈在QQ上接到了别人拿她的QQ号发来的信息，说是出了什么事情，急需几万块钱。当时她妈妈很着急，拿着几万块钱就出门了，可是一出门遇到下雨，而且一直打不到车，她妈妈就回家了，没去汇款。他说他是为了让我免于上当受骗故意不叫妈妈的。

17

我去给张弛同学信用卡还钱，中国银行让填一份"防诈骗"表。我说我不用填这表了吧，因为我知道自己是被骗了——张弛同学以孩子的形式对我诈骗，而我竟还甘之如饴。我认为中国银行在提醒我的同时其实也讽刺了我。

18

我在工商银行看一大姐存钱，一存五年。柜员小姐对她说："如果您要用可以先提取一部分。"大姐说："我不会提前取的，只要你们银行不倒闭。"

说给张弛同学听，他笑说："号称'宇宙第一大行'的工商银行绝不会因为贪图她那么一点钱倒闭的。"

19

张弛同学看我从单位拿到一张崭新的聘书,上面赫然写着"新闻"两个字,他笑话我就像是一个厨师拿到了"一级司机"的证书一样。他翻开聘书,瞪大了眼睛看着内文说:"还写着'新闻',没写'八卦'算便宜你了!"

他问我:"你也是记者吗?"

我说是。

他又追着问:"你也有记者的资格吗?"

我说有。

他摇着头笑着说:"原来你还是记者啊!"

他自言自语道:"程青每天琢磨的头等大事就是写小说,我认为她根本不需要什么记者证。"

20

我供职的《瞭望》周刊微博经常发一些名人名言,某天发的据说是高尔基说过的一句话:"世界上没有一匹这样的马,它可以驮着你逃开你自己。"

我在后面跟帖:"世界上还真有一匹这样了不起的马——它的名字叫'时间'。"

张弛同学笑话我说:"你把亲东家扔井里了,你真狠。"

21

给我们杂志写专栏的一位作者在电话里对我说有人听说他看报纸觉得他像一个怪物一样,他问我:"报纸真的就那么没人看吗?"

我说:"不好意思,我也不看报纸,资讯什么一般都在电脑上解决。我家弄鱼的时候才用到报纸,因为鱼不能放在电脑上弄。"

我很想告诉他现在连我家张弛同学都不看报纸了,从前他是多么喜欢看报纸啊,尤其喜欢看《北京晚报》。如今我家张大爷也是在网上看新闻,可见纸媒衰落似乎是没有办法的事。

22

网上说,五月病,是指春夏之交的5月份,因为理想期许和现实的差距，还有人际关系没有达到预定状态，而产生的厌倦易疲乏的情绪问题。基本特点是心绪不宁，苦恼忧伤，兴趣索然。主要表现为饮食习惯改变，失眠，对履行社会职责有抵触感，极度疲劳，反应迟钝或敏感。

张弛同学发微博："我咋感觉这个病我每个月都犯啊，一次犯一个月。"

23

张弛同学对上一份朝九晚五收入不多但稳定的班兴趣不大，他的兴趣还是在影视方面。辞职前后一直在外面找一些与影视相关的事情做。他找到了由瑜舍出资拍摄的三部系列短片《暂停2》的一个工作。他除了做大量的幕后工作，也在三部短片中出演了，尽管都是跑龙套的角色。令我惊喜的是，在短片中我竟然看见张弛同学擦桌子。我在微博上发感叹："为什么只有在电影里才能看得见张弛同学抹桌子，而在现实生活中看不见呢？"

24

张弛同学在瑜舍拍小电影的时候我去探班,他下楼来接我,胸前挂着一个进入拍摄场地的牌子,很像那么回事儿。他带我去参观了他们的拍摄现场,又领着我楼上楼下转了一圈,仔细察看了瑜舍及周边的地形地貌,他想在下一年也申请一个类似的拍摄项目。我们一边看景,一边就把短剧的主题以及最核心的情节确定了下来。我跟他说:"有的小孩生下来是自带饭票的,有的小孩生下来是自带编剧的,哈哈!"

张弛同学记录:其实那次拍摄很困难,是三个微电影在一起套拍的。演员和导演是三套班子,但是工作人员是一套班子。最后在一共九天的工作时间里拍出了总共四十五分钟长的成片,真的是很不容易,拍到最后一天人真的是累蒙了,立马回家洗澡睡觉。不过后来结果是不错的,其中一部短片王早导演的《蜜月套房》还得了NBC的短片奖。

25

我的一部长篇写了三稿还那么疙疙瘩瘩没写通呢,而且还随时发现跳不过去的问题，不时要停下来想想才能写下去，相信到第四稿仍然有问题，感觉脑子严重不够用。

跟张弛同学说，他说："谁让我们选择了如此难做的事情，而且每一次都是新的任务，每一天都是新的任务。要是做一个重复的简单劳动，比如打果汁、煮咖啡等等多好。"

我说："可惜我们又不满足。"

张弛同学感慨：许多工作是凭经验做的，但是创作却恰恰不是这样。修车的人遇到平常的问题很容易解决，教英语的老师很少有教砸的，但是电影导演有可能在一个伟大作品后面就立刻拍砸一个，小说家也很容易在一部好小说后面紧跟着写一部烂小说，这是原创的难度，也正是原创的价值和可贵。他又说，所以做创造性工作的人一定得是基于热爱，还得有天赋，不然很难坚持下来。

26

我跟张弛同学说："如果长篇小说是小孩，我手上已经抱大十来个了，想着都累，快疯了。"

对我来说一个长篇随便一写就是一两年，这还算是快的，有的花费时间更长。我从书里看到有个美国女作家一个长篇写了十七年,她说早知道这样我就没有勇气开始了。

张弛同学说:"你早就疯了,不然不能写这么多!"

27

某天我做梦写了半夜的写作提纲,其实在现实生活中我是根本不写什么"写作提纲"的。记得我写了整整六大页,每页写得密密麻麻,而且还是手写的,相当于一两天的工作量。梦里我甚至还去某行业"深入生活"了,那个地方既像是大型企业,又像是俱乐部,也有点像夜店。这几个地方如果放在现实生活中是不大一样的,或者说是大不一样的,但是在我的梦里却非常相似,而且随时可以相互转化。我不清楚那是不是某种神秘的写作训练,我也不知道有没有科学家或者精神病医生可以解释。

我和张弛同学说起,我说:"现在的问题是:第一,那个提纲我到哪里去找?第二,这算不算我的工作业绩,怎么个算法?第三,如果那个提纲还在,是不是我真能按那个提纲创作小说?"

张弛同学建议我去找英国导演诺兰,就是拍《盗梦空间》的那位。他让我请诺兰导演用他电影中的方法带我重新回到我的梦境，找回我丢失的提纲，然后在梦里写部小说，甚至还可以在梦里出版……我问他："那梦里的版税如何拿出来花呢？"

28

跟张弛同学闲聊，我说我一直有个荒谬的想法，就是小说写出初稿之后交给别人去修改润色。就像设计师画好了图纸，打了个小样，交给别人去做那样。小说作者提出要求，谈好多少天后取件，到时就是油光水滑的成品，不过这个修改的价钱应该低不了，毕竟也还是艺术劳动嘛，尽管不是头一道原创。但是，不说别的，眼下作家的稿酬并没高到那个程度，肯定是不足以支付这个修改费用的。如果按现在这个稿费标准，写作一部小说估计把一年上班的收入搭进去还不够，写十年足以破产。所以在稿费大涨以前，这是做不到的；在稿费大涨以后，肯定也还是做不到的。

张弛同学顺着我的思路发挥说，可以做一个大数据分析写作软件，把所有本人写过的文字、说过的话、过往的经历等等都输入这个软件，通过精密又大量的计算以后，具有人工智能的软件就能学着你的样子帮你创作出文本，甚至还能自行修改。

他又说,但是可惜的是,眼下机器人不一定能做到,即使能做到,也是有违原创的精神的,所以还是劳烦各位写小说的老师手动修改自己的小说吧。

29

张弛同学在家我总是很忙。某天晚上我对他说:"我写作去了啊,作一天了,还没写呢。"

张弛同学认为我无事忙总是拿他当借口,但事实是我真的忙。我跟他说,一个妈妈要写点作最难的是放下杂事坐下来。

但他似乎并不领情。

30

有一天我们一家三口晚饭桌上聊到自闭症,张弛同学列举了自闭症的几个典型症状:只专注于某件事,看地图,画画,话特多……我听了疑惑地问他:"我话不多吧?我都不说话。"

父子俩不约而同地笑。

张弛同学说:"不说话更典型。"

31

每天工作繁重,生活忙碌,我跟张弛同学说我多想能够清闲下来,坐在海边,吹着海风,随手翻一本书,有一搭没一搭地看两页,当然了,还得不用操心就有东西能吃饱,不用去买菜,没有快递打扰,不用站在街边等半天打不着出租车,那是个什么样的日子啊……那就是我的理想啊!

张弛同学呵呵笑,说:"你不知道吗,理想往往是遥不可及的。"

32

有个朋友发微博说:"最近看到微博微信转了很多创作谈,我喜欢看的创作谈不是那种只说自己为啥写和怎么写的,而是能同时带有一定含量的文本分析的,因为你一旦去写'创作谈',你的作品就很明显地对象化了,作者也很可能会由作为结果的文本再回溯(重塑?)创作过程,虚实难辨,倒不如作者本人能作为第一个和最近的读者去分析文本。"

我觉得这段话挺有道理的,说给张弛同学听,他一针见血地说:"他这是要求展示后台啊。"

33

一个好友给我打电话,他问我在做什么,我说在写长篇,他说:"又不挣钱,写什么呀?"又说,"你要等出了名再写。"

我说给张弛同学听,他笑说:"他说得对啊!就好比说,你要当导演拍电影,你必须先拍出一部电影才有机会。"他又说,"创作这事除了跟挣钱没啥大关系,跟悖论倒是很有关系,哈哈。"

34

张弛同学买了一台咖啡机,每天很认真地做出各种花式咖啡。他看我连续发表长篇小说,很高兴,给我做咖啡,还鼓励我说:"你好好写,争取一年一个长篇,写到九十岁,还能写不少呢。"

我说:"活得到活不到九十岁还两说呢,就是活得了那么长我也不写那么多。"

他听了不吭声。吃过午饭,他又照常把一杯滚烫的咖啡端到我手里说:"去,再写一千字。"

这算是"被咖啡"吗?

35

我在《当代》杂志发表《最温暖的寒夜》,张弛同学的朋友看见了,告诉他,他随即发微博:"天天在家坐着的作家程青坐在家里写的长篇小说。"

我跟帖:"我家小宝因为看了一个天天坐在家里写作的人的工作终于决定去当导演了。"

他回复:"没想到导演的第一步工作是天天在家看小说写剧本,然后写啊写,写啊写……早知道还不如当作家呢。"

36

张弛同学拿到我新出版的书很喜欢,说:"我能不能把积蓄都买成书,让你签上名,等市面上没有了再拿出来卖个高价?"

我知道他银行卡上有点钱,我说:"行啊,你最好先买套房再买书,好有地方囤。"

他说:"那我先拿出积蓄的一半去买房,余下的钱去买书。"

后来他说,如果真是买房囤书,书涨不涨还在其次,房子可是涨上天了,手上有两套房的话可以躺平吃租子了。

37

跟张弛同学扯闲篇,我说:"没事生十来个儿子,签名售书的时候往两边一站,那多气派。"转而我一想,又说,"要是生了十来个儿子,肯定就没有精神再写十来本书了。"

张弛同学说:"要是生了十来个儿子,写多少书钱都不够分的。"

38

我对张弛同学说:"一本书只有读到最后还是喜欢,才是真喜欢。"

张弛同学说:"如果经不住反复读,还不能说是真喜欢。"

我心中暗自感叹:这给写书的人出了多大的难题啊!

我又和张弛同学说:"一本书读第二遍的时候,我发现有的书是越来越好,有的书是大不如从前,没有变化的很少。"

他点头表示赞同。他说:"我有太多的书想读了,感觉一辈子都不够用来读书的。"

39

张弛同学在宁浩导演的东阳映月公司工作。因为筹备剧本有一段时间住在宋庄,经常是一两个月不回家一趟。我戏言他是上托儿所去了,而且还是全托。我经常只能在微博上了解他的行踪。于是,我在微博上发感慨说:"养了个猫只能在灌木丛里看到,生了个小孩只能在微博上看到。"

40

每次张弛同学从宋庄回来,我都满心欢喜,跟他一起逛街、吃饭、看电影、聊天,享受二十来岁时为今天创造的福利。——上过托儿所的孩子就是不一样,一身的本事,怎么看怎么好。

张弛同学经常是周末也不能回家,一到星期五我就羡慕人家全托的孩子能回家。某个周五我出去跑步,回家的路上给张弛同学打了一个电话,随便聊了几句。当夜,12点左右,他忽然从宋庄跑回来了。然后就是坐在桌子边和我海聊，一直聊了两个多钟头。他说他是等着添完煤才回家的，多有责任心的孩子啊，哈哈哈。

41

张弛同学从宋庄一回来我就前前后后跟着他忙：做饭、端茶、洗衣服、帮他找东西、陪他看电影等等。一天早晨，我看着他带着一箱子干净衣服和从冰箱里顺走的好吃的高高兴兴准备回公司上班去，我看了笑，他问我笑什么，其实我是想到了他初中那会儿上寄宿学校，每个礼拜五都会从家里带上一个礼拜的衣服和吃的回学校，这么多年过去了，那一套竟然一点没有变。

42

一个冬天张弛同学都很少回家。见他回来，我仿佛才想起还有这么一个孩子。孩子明显瘦了，这托儿所看来也不容易上。不过他脸上倒是干干净净的，看不见痘了，人也显得更加干练。

某天他走进房间笑嘻嘻对我说:"我爸下班回家看见我,居然一愣,估计他是彻底把我忘记了。"

43

大半夜从外地回到家,张弛同学叫我帮他想电影,他告诉我他想的几幕戏,说得兴致勃勃,想叫我和他一起串到底。我对他说:"我出差出得累坏了,到家你还不让我消停。半夜里用编剧是不是要提高费用呀?至少把夜班费付了。你这都过12点了,要付大夜费。"

44

张弛同学在公司里创作了一集电视剧,老板娘给他开了一笔不菲的稿酬,他回来告诉我,我很高兴,我说:"这证明你也能靠写字吃饭了。"

45

张弛同学开着老板娘的路虎从宋庄回来,到家他跟我一说,我吓一跳。我说:"这么贵的车她就让小孩随便开回来?"

他说:"是啊,她让我开的。"

我说:"你老板娘心够大的呀。要是你开出去卖掉了怎么办?"

他说:"估计她以为我不会吧。"

我说:"那要是碰了、丢了怎么办?"

他说:"我开得很小心的。"

我问他车停在哪里,他说就在楼下的街边。我拉他立即出门,把我的车从地库里挪出去,把路虎停了进来。

我对他说:"以后不要随便开老板娘的好车。"

他答应着。到下个周末,他又开着路虎回来了,他说是老板娘让他开的。

46

公司让张弛同学去参加柏林电影节,临行前会计交给他一个信封,里面是一万五千欧元,作为一路上团队的零用。张弛同学告诉我说,他当场就对会计说:"你们这不是考验人吗?这么多钱交给我居然放心?"又说,"明天你们要是看不见我就别找了。"

回到家他跟我一说，我笑说："哪里没见过钱，何至于就跑了？你老板娘路虎车都不怕你开跑。"

"这可是现金啊。"张弛同学说，"一万五千欧元，相当于十多万人民币，我工作两年才能挣到呢，你说我不跑还等什么？"

47

去柏林前一天我对张弛同学说："你可千万别黑在柏林啊，家里的房子、地、地里的庄稼、棚里的牲口，还有针头线脑那些个细软都是你的，你要跑了，我们老两口拿这些没用。"

张弛同学说："我不黑在柏林，你放心吧。回头我拿上钱去国外继续读书去。"

48

情人节和元宵节是同一天，张弛同学发微信朋友圈："今年元宵节和情人节都是2月14号，以前在这一天都是一个人，今年，嘿嘿，终于可以过情人节啦！你们说，我是吃芝麻馅儿的元宵呢还是豆沙馅儿的元宵呢?"

我想要是他爷爷奶奶看到了,肯定要说:"赶紧找对象结婚去。"

这个情人节加元宵节张弛同学是在柏林过的,他告诉我没有吃汤圆,不过吃了大肘子,喝了鲜啤酒,美得很。

49

张弛同学的爸爸二十出头在柏林当过一段驻外记者,这次去柏林张弛同学特意到一家专营意大利手工皮鞋的店里给他爹买了一双正装皮鞋,不远万里背回北京。他爹穿上试了试,满意地说:"式样就是我一直穿的那种,挺好,很宽松。"

张弛同学的爹平常很少去购物,他像大多数男人一样需要什么才会去趟商店,而且直奔柜台买了就走。想起某一个星期天他到翠微商场买了三双皮鞋,我理解他是图省事吧。张弛同学看了对他爹说:"不是说船王的女儿一次只能买一双鞋吗,怎么你一下子买这么多?"

这句话的背景是据说船王包玉刚十分节俭,怕自己女儿靡费,一次只允许买一双鞋。这个故事还是张弛同学很小的时候我给他讲过,他居然一直记得。张弛同学的爹说:"我又不是船王的女儿。"我顺口说一句:"他不是船王的女儿,他是船王的女婿。"

张弛同学的爹一边试儿子新买的皮鞋一边说:"这个牌子的鞋很好,很大很舒服。"

张弛同学哂笑:"又不是房子,鞋子大了有什么好?"

50

一天我和张弛同学散步,他对我说:"我爸算账的方式就是把钱换算成鸡蛋,比如他说我刚上班的时候每个月挣多少多少钱,按照当时的价钱可以买多少斤鸡蛋,现在每个月挣多少多少钱,按照现在的价钱可以买多少斤鸡蛋,然后拿现在能买的鸡蛋除以从前能买的鸡蛋,就说自己的收入增加了多少多少倍,实在是太有趣了。"

我说:"他这样算账跟我外婆还真是一模一样。我记得小时候听她老人家说,从前一块大洋可以买多少个鸡蛋,现在一块钱能买多少个鸡蛋,要是我外婆还在的话,她会发现钱越来越不值钱了。"

张弛同学说:"我爸算的是他每月挣的钱翻了许多倍,他看的是乐观的一面——虽然收入增加还是减少是要用钱和实物对应的关系来计算，可是也不能只用鸡蛋做参照物啊，那是得比全换算成鸡蛋复杂得多的一件事情。"

我说："你不觉得把钱换算成鸡蛋很有喜感吗？"

51

春节期间跟张弛同学去五棵松看周星驰的电影《西游降魔篇》，我尤其喜欢晚上那种灯红酒绿的感觉。

张弛同学在微博上记录：

回家的路上问程青：你以前谈恋爱都干吗了？

她：去西单。

我：去西单干吗？

她：去西单散步。

我：坐下来吗？

她：不坐。

我：花钱吗？

她：不花。

我：那去干吗？

她：走路。

我：为啥去西单？

她：灯红酒绿，灯光是免费的，别的地儿都没灯，太黑。

我：不花钱去灯红酒绿的地方干吗？

她：那会儿刚上班，一个月工资才四五十块，都没钱。灯红酒绿的地方看着高兴。

我发现程青不是爱看《西游降魔篇》，而是爱灯红酒绿。

52

我们家几经搬家结婚证不知放哪里找不着了，张弛同学没少为这事奚落我。他说："还有连结婚证都找不到的。"又说，"是不是真有结婚证啊？"

有一天张弛同学说我："结婚证都找不到了，你们就是非法同居！"

我回他说："我跟你爹非法不非法真不用你操心，我们是成年人，行为自己负责，关键是我们没有结婚证你就是黑着的。"

张弛同学一点不拐弯地问我："你是奉子成婚的吗？"

我也一点不拐弯地回答他说："不是，我结婚了。"

张弛同学说："那你结婚怎么没请我喝喜酒？"

我冷笑一声，说："我和你爹倒是想请你呢，可那会儿遍寻你不着,怎么联系都说你不在服务区,估计你口中衔着一朵雪莲花正在喜马拉雅山顶上飞着玩呢。"

53

搬家的时候终于找出了十数年没有见到过的结婚证,张弛同学把我们两本红彤彤的结婚证捧在手里,仔细地翻阅了一番,仍然嘴硬地说道:"别说什么结婚证,就说奉子成婚证好了。"

晚上他爹下班回家,我把这话转述给他,他开心地笑。

54

张弛同学的爷爷奶奶来北京玩,他们的儿子忙着上班,我和张弛同学带两位老人家去798转悠。我们去看一个画展,恰好是画展开展第一天,签到台上摆了好多吃的,我拿了一个橘子给奶奶,主办的小姑娘又拿了一个橘子给爷爷,爷爷不肯要,我让他拿。我告诉小姑娘我家爷爷八十了,第一次来看80后画展,小姑娘很开心。

我和张弛同学还带着爷爷奶奶转了不少地方,爷爷兴致特别好,说:"这个地方很独特。"爷爷还很喜欢我们带他们去的咖啡厅,奶奶喜欢小摊上卖的葫芦,我给他们拍了不少照片。我对张弛同学说:"爷爷奶奶是最好的家长,孩子带他们去什么地方都喜欢。"

张弛同学从小是爷爷奶奶带大的,对他们充满了感情。他陪爷爷奶奶陪得格外耐心。

55

张弛同学的爷爷过八十大寿,全家人和亲戚朋友都回江苏老家给他老人家祝寿,放鞭炮的时候有三四十人,家里五世同堂,盛况空前。

爷爷从财政局退休之后和奶奶一起回到他出生的村子里居住,他们喜欢乡间生活。爷爷奶奶借村委会的房子摆了十六桌,招待各方来宾,主要是同村的人。饭菜也是乡里的厨师现支了锅做的。张弛同学很感兴趣的是游走在各个村子之间专门帮有需要的人摆席的那几个人。他们都是很纯朴的农村人,为首的是一个中年男子,他会做菜,他还有几个帮手,有洗菜的,有切菜的,有洗碗的,虽然分工非常不明确,但是每件事都有人做。他们收取一个固定报酬,比如每桌五百元,然后给你一个菜谱。所有的采买、烹饪、服务都不用操心,只用提供场地和邀请宾客。他们甚至连餐具都帮你备齐了。这样一个团队,走村串户,不断地操办着各种红白喜事。

张弛同学说:"他们看透了多少人情冷暖。"

张弛同学又说:"等我到了那个年纪,不知道中国还有没有这一套了?"

56

有一天我跟张弛同学的奶奶通电话,奶奶说了两句我觉得很有意思的话。一句跟张弛同学没有多少关系,是对我的肯定——我家婆婆说:"媳妇是别人肚子里生出来的自己孩子。"另一句和张弛同学也有关系,是这样的:"我们都把自己的儿子惯坏了。"

57

外面在下雨,湿润的气息从天窗飘进来,清新宜人。我对张弛同学说:"太爱外面的雨了,滴答滴答下得好有味道,要不是太湿,真想请它到家里来坐一坐,喝杯茶。"

张弛同学说:"我就不喜欢下雨,从小就不喜欢下雨。记得以前在江苏跟爷爷奶奶在一起生活的时候就特别怕周末下雨,因为那样我就不能随便出去玩了。周一到周五还好,反正要坐在教室里。总之我现在还有特别深刻的记忆,就是一下雨,我的心头总是重重的,我发现北京比江苏最大的好处就是不经常下雨,我很满意。"

58

看街坊一辆车在雨里洗得干干净净,令我十分羡慕。恰好第二天又是下雨,我赶紧借着办事把车开出去兜了一圈,也在雨里把车洗得焕然一新。我告诉张弛同学,他笑说:"你真是一点亏没吃啊!"

59

我出去跑步,突然下起了大雨,雨点有五分硬币那么大,当当砸在地上,我想这下要淋透了,可是似乎很少有雨淋到身上。其间还遇到一个向我问路的,我耐耐心心仔仔细细地告诉他怎么走怎么走。直到跑回家,我衣服头发都没淋湿。

张弛同学说我:"你是不是念着避雨咒跑的?"他又说,"你已经能做到雨中行走衣不沾湿了,这是轻功中一个比较高的境界。"

60

我跑步时在下坡的地方跌了一个大跟斗,几乎跌晕。马上有个女孩上来问我要不要扶我起来,我谢了她,我说让我缓缓,定定神再说。

回家告诉张弛同学,他说:"现在还有敢扶老太太的?"

61

天黑时分在公园跑步,听俩大妈聊天,一个说:"有两个胆,一个坏了还有另一个能用……"我心中顿生羡慕,啧啧瞧瞧人家这身体机制,一边自愧自己浑身上下只长了一个胆。随即听另一大妈说:"还可以蒸饭。""蒸饭"两个字瞬间摧毁了梦幻,让我立马认识到不可盲目崇拜大妈。

回家跟张弛同学一说,他哈哈大笑,说:"北京的大妈最神了,要我也会认为她身上长了两个胆。"

62

张弛同学和两个朋友一起开了一个影视公司，他们一起创作拍摄了网络剧《后宫那些事儿》，由爱奇艺出品，2014年12月5日播出。这部由80、90后拍的剧别具风格，片花是"吉祥太监学校"的广告，词写得非常好玩，比如"报名送手术大礼包，无痛无副作用，当天就能爬山、游泳、劈腿……"，"全球规模最大，没有之一的太监学校，师资力量雄厚，校园环境优美，包吃包住包分配"，还有"上了太监学校，妈妈从此不用担心我找不到媳妇了！"

我平常不追剧，因为张弛同学全程参与了这个剧的剧本创作，有五集是他导的，所以我饶有兴味地看了好几集。平心而论，拍得还真不错，笑点挺多，角度也新颖，不由让我想起一句话，"雏凤清于老凤声"，年轻人弄的东西就是不一样。

63

在现实生活中或者在网络上讨论问题，即使在利益面前，也总有人正直，敢讲出真话，甚至是为他人说话，我忍不住想感谢他或者她——虽然这一切都与我毫无关系。

和张弛同学谈起，他说，很多人为了自己的利益变得不正直，很多人不希望引火烧身所以选择了不正直，还有一些人天生就不正直。在这么多人里面脱颖而出成为一个正直的人实在是很难的。但是，其实正直也还是能做到的，就是凡事不要昧着良心，这样就简单了。

他说："做一个正直的人真不容易。"

他还说："我发现其实一个人正直往往是天生的。"

64

我和张弛同学说："我遇到一些特别优秀的人，他们做事发自本心，与人为善，不委屈自己，样样都在分寸上，件件做得漂亮，令人由衷信服。"

张弛同学说："因为他们做人有自己的尺度。"

我说："是啊，这样的人是真正守住本心的，偏偏他们还品性高洁，才华横溢，在江湖上做好事不留名。"

65

看到这样一段话:很久很久以前,谎言和真实在河边洗澡。谎言先洗好,穿了真实的衣服离开了,真实却不肯穿谎言的衣服。后来,人们很容易接受穿着真实衣服的谎言,却很难接受赤裸裸的真实。我把这段话念给张弛同学听,我语重心长地对他说:"所以没事别跟谎言去河边瞎洗澡。"

张弛同学说:"我总觉得真实本身应该就是不穿衣服的,要不什么叫赤裸裸的真相呢?而谎言确实是应该穿着华丽外衣的,而且即使是洗澡也不应该随便脱掉。"

66

读到一篇文章里引了哥伦比亚作家马尔克斯的一段话:"作家分为两类,写作的作家和不写作的作家。不写作的作家经常抛头露面,他们使时髦的东西在世界上泛滥。当作家也成了一种时髦,尽管他不写作。另一类作家,即写作的作家,却很少抛头露面,恰恰是因为他们忙于写作,无暇顾及。"

我喜欢马尔克斯的小说,他的不少小说我都读了不止一遍，我也读他的传记和访谈，我很赞同他说的这段话。之前我听说过他在新华社波哥大分社工作过，我觉得挺荣幸的。我跟张弛同学说："自从知道了马老师是我们单位的同事，我出去都不敢说自己是写小说的了。"（后来细问，才知道马老师只是到我们分社来串门。）

张弛同学说："作家最终凭的还是作品，虽然可以打着这个旗号去兑换某些利益，但那跟作家这个名头毫无关系。有些赚了很多钱名气很响的作家其实根本就不是真正的作家。"

67

拥有秘鲁和西班牙双重国籍的小说家略萨说："小说的真实性当然不必用现实来做标准，它取决于小说自身的说服力，取决于小说的想象力和感染力，取决于小说的魔术能力。一切好小说都说真话，一切坏小说都说假话。因为'说真话'对于小说就意味着让读者享受一种梦想，'说假话'就意味着没有能力弄虚作假。"

我看到一些关于小说精辟的话以及真正有心得的话都会告诉张弛同学，我想对他来说这就是所谓"耳濡目染"吧。我跟张弛同学说："写虚构文本就相当于做一个局，如果你能把懂行的人,也就是所谓专业读者骗过了,你这个局就成了。"

张弛同学点头赞同,他说:"有没有虚构能力是天生的,都是上帝选择的,我就知道自己是被选择的。"

我说:"真的呀?我怎么不知道。"

68

打开新出炉的《当代》杂志,看到我的长篇小说《回声》得了拉力赛分站冠军,这是我连续三年得这个由各界读者评选的奖。加上之前《恋爱课》和《十周岁》,我有幸得过五次,每次都得之不易——《当代》上总是名家云集,而且他们都是真正的高手,拿出来的又是力作,那可真正是毫不含糊的擂台赛。这天略有些美中不足的是张弛同学不在家,要不然我的头发又会享受到不洗的小脏手摸来摸去的豪华待遇了。

69

某天去协和医院,新门诊楼建得又新又好,我的医生朋友特意带我去参观了一下崭新的肝炎门诊室,外面候诊的病人不算多,就医环境相当不错。回来我跟张弛同学说:"真是靠啥吃饭的都有，有靠手艺吃饭的，有靠力气吃饭的，有靠结婚吃饭的，有靠卖身求荣吃饭的，还有靠肝炎吃饭的。"

70

我和F医生吃饭，他说有些病是会自愈的，有些病是可以治愈的，而有些病是治了不会好的。我说，既这样，那么医疗系可以更名为"治愈系"和"治不愈系"，后者录取门槛更高，招收医学奇才，专门对付疑难杂症。

跟张弛同学一说，他说："其实就是说世界上常见的病可以分成两类：治不治都会好，治不治都好不了。所以，没有人能上治愈系，都只能上治不愈系。"

71

张弛同学在网上看到有人做阑尾手术被误切了输卵管，我说："好在有一条输卵管也还可以生育。"

张弛同学说："有人跟帖问长两条输卵管有什么用？"

我说："总不会是为误切预备的吧。"

张弛同学说："我回答了，一条生男，一条生女。"

72

快过年了,我一边张罗一大家人的年夜饭,一边收拾凌乱不堪的家。从早忙到晚,张弛同学夸我把家收拾得都不认识了。

但很快,张弛同学说又恢复成他认识的样子了。

73

蒸完了包子,我又做了百叶卷,我把厨师的才华发扬光大,但是张弛同学不但不赞赏,而且还打击我。他对我的烹饪作品很不以为然,让他吃,他十分勉强。我问他为什么不喜欢吃我做的饭,他说我做饭的态度不对。我不明白我做饭的态度怎么不对了。而且,只要我做得好吃,他就埋头吃掉了,做得味道差一点,他有一堆批评的话等着,最大的批评是——不吃。

74

张弛同学相当挑食,他不吃的东西很多,反过来说是他吃的东西很少,尤其是蔬菜,多一半是他不吃的。

他不吃西葫芦,我说他:"你不吃西葫芦却吃西芹,是怎么回事啊?"

他说:"我又不是看字吃的。"

我又说他:"那你不吃蘑菇又不吃香菇是怎么回事啊?"

出去吃饭张弛同学特别害怕别人问他有什么忌口的,我担心真一个一个都说出来餐馆就下不了班了。所以别人问他的时候,简省的方式是他把他能吃什么说出来。

75

我发了一条微博:"某领导干部家的饭,8点吃的,10点不到就饿了。以后领导干部不但要申报财产,申报房屋,申报股票理财,申报老婆孩子在哪里上班,还要申报每天的饭菜。"

张弛同学发评论:"那管申报的领导干部工作量太大了。"

我回复:"但不申报我每天都吃不饱啊,怎么办?"

76

和张弛同学一起去颐堤港吃苏式面,他喜欢红汤面,觉得味道鲜美无比，我吃了感觉一般，而且太淡。照理说小时候吃过的味道都是令人怀念的，而我并没有这样的执念，不管什么地方的食物只要好吃我都喜欢。我跟服务生说了面要少，汤要宽，端上来和正常的一模一样，更加吃不下去。

我嘀咕："要加点辣椒才好吃。"

这句话我还是用苏南话说的。

张弛同学摇头叹气道："就是吃它的鲜味，苏式面怎么可以加辣椒？"

好在店里辣椒还是有的。

77

去一家风尚菜馆吃云南菜，张弛同学说："什么时候你的烹饪水平达到这家餐馆的水准就可以了，也不用更高了，我就觉得能吃了。"

我说："这家餐馆是很好吃的，开了二十多年了，是我和几个朋友的保留餐馆。"

张弛同学说："那是被你这样的同行衬托起来的。"

78

家里有一罐西梅,不知从哪里来的,张弛同学问我:"能吃吗?"我说:"肯定能吃啊。"他一脸狐疑,拿起一个试试探探小心翼翼地吃。我说:"你快吃慢吃,吃下去的效果是一样的。"

79

张弛同学经常找不到东西,有些东西其实就在眼皮下,他就是看不见。尤其是衣服,平常在衣柜里收得好好的,他要穿的时候还跑来跟你说找不见,气得我说他是大眼灯。

还有就是他对晾着的衣服判断不了干湿,总要来问我。有一天他看着晾衣架上的衣服问我:"那些衣服都熟了吗?"

80

张弛同学说:"我穿鞋的时候经常碰到放在裤子口袋里的iPhone,好几次把siri挤了出来,老有个女声问我:'您需要什么帮助吗?'我就要她帮我穿鞋,行吗?"

81

张弛同学一个人住在亮马嘉园的时候装了一个洗碗机,我说你一顿饭没两个碗,要洗碗机有什么用?他说在国外就有"中国人不用洗碗机"的说法,他也不知道为什么包括我在内的很多人都不爱用洗碗机。

我说洗碗机用处不大,他说你最好用了再说。

再搬家的时候他给买了一洗碗机,他怕接不上下水,又特意买了一个铁架子,把洗碗机架起来,可以用桶接水。来安装的师傅一看乐了,说我装了几千户没见过这样的。好处是张弛同学买的这个架子竟然和洗碗机严丝合缝,珠联璧合,堪称绝配。放碗收碗不用弯腰。

洗碗机在窗前立得高高的,我问张弛同学:"洗碗机站这么高是为了看风景吗?"

张弛同学则看到我用洗碗机一次次问我:"洗碗机好用吗?"我说好用,他说:"你不是说没用的吗?"我说有用。

他说:"我就是要打破老年人头脑中的固有观念。"

82

晚上和张弛同学出楼门时看见几个穿制服的警察，我随口说一句："来抓人的。"警察叔叔听了直接就笑了起来，看来是让我说中了。

走出几步，张弛同学说我："这么老了还这么烦！"

83

我在莲花小区的小超市里买了个针线盒，牌子居然叫"英俊巧大姐"——英俊还巧还大姐，也就是钉个扣子缝个脱线顶多了，哪里需要这么高的配置？说明各行各业都卷得厉害，各阶层都很不容易啊。

拿回家放在桌上，张弛同学一看见这个针线盒就哈哈大笑。

84

搬到东边住之后张弛同学问我："你的房间吵吗？"

我说不吵，很安静。

我问他:"你的房间吵吗?"

他说:"你不吵就没人吵。"

我说:"我哪里吵?我都不说话。"

他一点不讲理,罔顾事实说:"你太吵了。"

85

搬了家张弛同学发现我的床垫比较硬,他给我下单了一个天然乳胶床垫。用了新床垫之后他问我:"我给你买的这个床垫好不好?"

我说:"十分好,非常好,特别好!我睡到凌晨3点就醒了,太解乏了。"

86

有朋友送了一盒台湾高山茶给张弛同学的爹,张弛同学说:"我在美国的时候有个中美混血的同学请我喝过高山茶,是用茶道的方式,很好喝。想想一个人长着外国人的模样做茶道,真是太有意思了。"

我一听,建议说:"你可以和她结婚呀。"

张弛同学瞪着我说:"'她'是个男的,不过在我们住的那个州倒是合法!"

我赶紧说:"那就算了,虽然我们思想开放,但拜托你还是尽量跟女人结婚。"

87

张弛同学问我说:"你怎么不规定我什么能做什么不能做?"

我一时没太明白,问他:"你什么意思?"

他解释说:"比如有些孩子的家长规定说,上大学不能谈恋爱,但是大学一毕业就说:你得赶紧找对象结婚了呀,别砸手里!"

我说:"我不管你这些。"

他说:"我爸也不管我。"

我说:"是啊,这不好吗?"

他想了想说:"嗯,不好,这样我不知道什么能做什么不能做。"

我说:"你是找不到那种为追求恋爱自由而抗争甚至跟家庭决裂的感觉吧?"

88

据说在法国从百姓到总统,越来越多的情侣下一站不是走向婚姻而是签署PACS(非婚同居协议),当事人可以是异性,也可以是同性,两人只需签署一份合同,就可证明彼此有伴侣关系。如果要取消,直接去市政厅办一下就可以。

张弛同学在微博上转发了此消息,还圈了我。我回复:"嗯,明白,行。"

一句废话没有。

89

网上有条新闻引起热议,记者在街头采访一位老大爷:"不常回家看望老人属于违法吗?"老大爷情绪激动,突然咆哮:"孩子不经常回家看我们违什么法?三十岁了还不结婚才违法,该判刑!"

拿给张弛同学看,他大笑道:"大爷是真急了!"他发表评论说:"三十岁了还不结婚,判的估计是无妻徒刑。过年回老家,我爷爷奶奶和七大姑八大姨都问我有没有女朋友,等得到我否定的答案，都纷纷要给我介绍。我爷爷在这件事情上最积极。可是我还分明记得就在不久以前，他和我奶奶叫我不要随便和女生说话呢。"然后问我，"为什么家长都喜欢催孩子结婚？"

我说："我还真不太清楚，不过我不会催你结婚，你爱结不结，那是你自己的事。"

90

我们刚搬家时对门的邻居告诉我们隔壁住着的老爷子已经九十高龄了，搬来的那一天我和老爷子见过一面，他拄着拐杖出来瞧热闹，还跟我说了几句话，看上去精神矍铄，不像那么大年纪的。邻居还悄悄告诉我说，老爷子单身，一辈子没有结过婚。

和张弛同学说起，他笑说："这也太八卦了吧，人家结没结婚值得这样强调吗？"他又说，"看看，不结婚没人烦，活得这么长，还这么精神！"

91

聊到逢年过节女婿要上门陪老丈人喝酒，张弛同学问：

"真的要这样吗?"我说就是民间风俗,约定俗成,不是说一定,但好像都这么做。

张弛同学说他见过一个女婿很是矫情,岳父不怎么瞧得上他,但女婿一直围着他拍马屁,让他这个旁观者看得很不好意思。

张弛同学说:"要是女婿不称心,我能不能不让他来陪我喝酒?"

我说:"不能,你应该客客气气的。"

张弛同学说:"这个我真来不了。"

我说:"你当了长辈还能那么任性吗?"

张弛同学说:"为了杜绝这样的女婿上门,只好不要有女儿。"

我说:"这不由你说了算。"

张弛同学说:"那就是不要结婚。"

92

我在深圳出差,住在银湖。楼下不远处的大厅里有人在举办婚礼,听见主持婚礼的司仪大喊:"天长地久!"不知是不是音响有问题,在扩音效果下听上去就是:"冰糖葫芦!"——我觉得随便一揭示就是真谛。唉唉。

我跟张弛同学闲扯时说给他听,他哈哈大笑,说:"外面包裹的是一层冰糖,里面就是酸得要死的山里红。"

93

在家闲聊说到现在结婚要男方有房有车还要出彩礼,如果二三十岁结婚,男生仅靠自己工作的积蓄很难甚至根本支付不起这样一笔巨款,这些负担无疑转嫁给了男生的父母,而即便父母倾力支持,很多家庭也承担不起。如果因为聘礼说不拢,彼此很可能错过婚期,错过最佳生育年龄,也可能就是终身错过了。

我说:"我们那代人结婚什么也不会跟男方要,有啥没啥两个人一起奋斗,谁也不要求谁,谁也不挑剔谁。"

张弛同学说:"现在时代不一样了嘛。"

我说:"时代再不一样,我也不好意思跟别人要这要那。我从来没想过要把自己的名字写到老张家的房本上去,嘴脸那样贪婪,还让人怎么尊重你呢?假如我那样做,我自己就会羞愧得无地自容。"

张弛同学说:"你应该出去说。"

"我不说。有些基本的人生道理不懂就用不着懂了。"我说,"这种事情我只管自己,不管别人。"

94

张弛同学讲了一个笑话:一个男的想送老婆一条项链,他不知道该买多长,趁老婆睡着了用一根绳子去量她的脖子,老婆突然就惊醒了,急了:"你干吗?"

我们都笑得不行。

95

张弛同学说,有一对年轻夫妇,女的拉着男的手说:"为了你的奥迪我的迪奥奋斗吧。"

张弛同学感慨:"真是地道的年轻人啊!单纯的物质早就不能吸引我了。"

96

张弛同学发微博,这样写道:Kindle,从旧物中发现,学习了一下怎么操作，发现真的是神器，学习工作两不误。比iPad牛在了没有娱乐功能，所有的工作文件可以转换PDF以后直接导入，网上所有文字资源可以随意使用，文字工作者人手必备。

我也发微博，这样写道：张弛同学，从旧物堆里捡到一个小孩洗洗养着，学习了一下怎么使用，发现真的是神器，不仅会修车，会捣饬各种电器，会弄无数电子新玩意儿，提升了我家的科技品位，比我们更加牛的是还懂得买卖房屋，学习工作两不误，文字工作者人手必备。

97

张弛同学是个动手能力很强的孩子，他自己动手鼓捣电脑，成功升级了苹果电脑，他这样描述："2G内存升级到4G，硬盘加了一块250G的SSD，把原来的HDD改到安装在光驱位，老光驱坏了所以直接拆掉。由于内存是之前升级PC剩下来的，所以没成本，正好有几百块亚马逊买书卡，硬盘也打折了，工具和光驱位托架淘宝加运费六十二元，总花费五百六十一元和两小时人工。现在电脑很快。"

张弛同学说，这就是我那服役六年的苹果笔记本电脑，这样摊下来，我每年用电脑的成本太低了。只可惜如今的苹果笔记本电脑都采取了超薄的设计，致使硬盘还有内存根本无法自己手动升级了。

我听都听不懂，盲目地觉得他太了不起了。

98

张弛同学不但自己动手修了电脑，还自己动手修了汽车。他在一家路边店和人讨价还价只花了二十块钱就把车给修了，基本上是他自己动手，只用了店里一点儿刹车油。

他对我说："经过这么多年的实践，我发现最适合我的工作可能是修车。"

99

张弛同学的爹不爱为家务事烦心，家里大到买房小到电脑升级、打果汁、煮咖啡凡事我习惯依赖张弛同学，通常都能得到圆满解决。我终于知道当初那样困难，没房没钱，都要拼着生个孩儿，原来就是为了如今用来解决各类问题的啊。

张弛同学说我是站着说话不腰疼，他说他整天操心这些事儿，还不是因为自己家长不操心或者没操好心吗？他也羡慕那些家长给安排打理好一切的小孩儿：大学是家长申请的，房子是家长给买的，工作是家长给找的，媳妇儿是家长给介绍的，自己只用演一个小孩儿就行了。他说自己没有这种当演员的幸运，就直接当导演了。

100

只要我在家，能让我做的事情张弛同学都是只动嘴不动手，我说你也有爪子，为什么总要劳动我？他说："我是导演。"回答得还特别理直气壮。

我说你是导演怎么啦？他说："导演就是指挥各部门干活。"

我说："要你这么说啥都不会干就能当导演。"

他说："理论上是这样，但你真啥都不会谁让你干导演。"

他又说："比方说我可以用一小时教会你做导演，但我无法用一万小时教会你忽悠人家给你当导演的这个机会。"

101

和好友去人艺看了《甲子园》首演，看见那么多可敬可爱的老艺术家，年纪最大的九十岁，都是国宝级的人物，他们演一场熬一场的夜，但却是兢兢业业，一丝不苟。这才叫德艺双馨呢，真心感动，真心佩服。

读戏剧专业的张弛同学说："舞台太有吸引力了，在舞台上估计很老的人也不觉得自己老。"

102

乌镇戏剧节很火，张弛同学看了看戏剧节的内容，突然发现有很多熟悉的人、熟悉的剧和熟悉的理论，他对我说："我这才想起来自己原来和戏剧还是有点关系的。"

103

张弛同学跟我说一笑话：某剧组拍戏，找不着群众演员，拉来一批当地小混混凑数。因为是夏天戏，得光膀子，带头大哥异常彪悍，他一脱衣服，副导演差点昏倒。只见大哥两臂皆是文身，左胳膊上是"天生我材必有用"，右胳膊上是"世上只有妈妈好"。

我听了大笑，谆谆告诫张弛同学："你不要文后面一句，会让人笑话的。"

张弛同学问我:"那我是文'千金散尽还复来'吗?"

104

整理旧物,张弛同学发现一大箱子的DVD,他惊叹道:"这么多啊!"他翻看着,随口问我一个片名,我就告诉他这部片子是讲什么的,有什么特点,或者是谁谁谁拍的——我发现自己在多年前曾经看过不少影片,还是下过一点功夫的,不然大概也不能哄住张弛同学。

张弛同学却说:"没用的,那也哄不住我。"

105

张弛同学去某地参加某节,他问一个从前的同事:"这次你们能拿奖吗?"

那小哥们儿说:"那得看看奖都什么价。"

张弛同学在电话里对我说:"这算是真相吗?"

106

张弛同学告诉我有个投资商找到他,跟他聊拍电影的事,问他:"小张啊,你有什么不良嗜好需要花很多钱的?"

张弛同学问他:"比如呢?"

投资商说:"赌博。"

张弛同学说:"那没有。"他又说,"不过花很多钱的爱好我有。"

投资商说:"比如呢?"

张弛同学说:"拍电影。"

听到这里我插话说:"这可比黄赌毒还费钱。"

张弛同学说:"对啊!投资商一听站起身便说拜拜。"

我听了哈哈大笑:"你一句拍电影把人吓得连初衷都忘记了。"

107

2016年6月上海国际电影电视节盛典上,张弛同学作为新导演去走红毯,他在朋友圈发了几张照片,我转发一下表示支持，并说不表示嘚瑟。

我还写道："自从张弛同学去了上海，我每天多了三分之一的精神，自己给自己减了百分之二十的工作量，离他'少小不努力，老大徒伤悲'的标准递进了三成半……"

张弛同学发表评论说："程青同学数学不错。"

108

一天我从外地出差回家，家里一个人没有，想出去买点吃的，下地库一看一辆车不见。我打电话跟张弛同学抱怨："大老远跑回家一看，除了房子还在原地，小弟和汽车都不知跑哪里去了，看来房价涨是有理由的。"

109

新搬的家我发现洗澡间的地漏没有滤网，问张弛同学会不会堵，他说不会，我说那要是堵了怎么办？他拿出一瓶管道疏通剂，我一看是德国原装进口的。我问他好用吗？他说你试试就知道了。我问他怎么用？他说夜里倒进管道，第二天一早烧一锅开水倒进去冲一下，什么都给你溶掉了。他补一句:"九楼以下都没有了……"

我们家住十楼。

110

张弛同学让我看一条新闻,一位三十五岁的东北文学青年辞职专心创作已近三年,面对日渐沉重的经济压力,他求助网络,想用四部书稿换一套一百平方米左右的房子。他给自己两个月期限,书稿若依旧无人问津,他就考虑去找一份工作。张弛同学在微博上写:"这小伙子疯了吧?他知道中国的房子和稿费的差价吗?"

111

以前收到售楼广告有送地下室、送露台、送花园的,这天收到山水别墅的售楼信息竟然是送有机牧场——我跟张弛同学说:"牧场啊,亲,这得在哪里啊?"

张弛同学判断估计在遥远的西部,并说正好适合我去写作。

112

有一个我和张弛同学都熟知的人,年轻时创业,几起几落,也挣着过一些钱,现在人到中年,仍然是中产以上,不过也到不了富裕阶层,但是对物质的追求不减当年。

张弛同学评价说:"她那个圈里人,只懂钱,不懂别的,衡量任何东西就是用钱,没有别的标准。"

我说:"是啊,他们衡量生活就是动产和不动产,生活应该是多姿多彩的,除了钱还有很多别的东西。"

113

评价某个人,我们一致认为此人没有个性。

张弛同学说:"他没有个性,只有共性。"

张弛同学又说:"他的个性就是没有个性。"

114

多年前认识一位整形医生,有一天见他在微博上这样写:"要生孩子了，担心这担心那，唯独不担心长相，因为有这手艺。"

我跟张弛同学说："瞧瞧这底气，真是艺高人胆大啊！"

张弛同学说："可惜不能照整完的样子生孩子。"

115

朋友和我聊天说起生两个孩子的事，我想想自己恐怕不能够一碗水端平，而做不到这个，至少会让一个孩子不开心，或者干脆就让两个孩子都不开心。我自己最恨不公平，所以我自己手上弄了一个孩子足矣。让有本事的人去多生几个吧。

116

每周一我们单位是例行的业务讨论会，开完会我在办公室和同事闲聊，说到小孩喜欢吃零食，我说把小孩带到超市里，他想吃什么就给他买什么，不要以后后悔。

同事说："有不少是垃圾食品，也买啊？"

我说："就是垃圾也买，我就是这么做的。"

同事哈哈大笑。

我觉得自己那样做是很对的，并且很为自己对小孩百依百顺感到无比欣慰。当然，认真的人会认为这完全无章法，我这也不是介绍先进经验，只是一家之言。

117

一个朋友和我通电话，她说张弛同学的爹说起儿子十分得意。她这样说："说起儿子那么得意就是老了。"

我说："那我从二十来岁起就老了。"

118

张弛告诉我，据说，美国心理学家发现：一个人能够取得成就百分之二十取决于自身后天的努力，百分之八十取决于他的父亲。如果一句肯定的话是由爸爸说出来的对孩子的影响力就会比这句话由妈妈说出来要强五十倍。爸爸塑造孩子对生命的看法，关系到人格的形成。

对这种似是而非的"发现"啥的，我心里总是很不以为然。不过多半情况下我还是会捧场的。我对张弛同学说："娃你好好干，来证明你爹地是成功的。"

119

张弛同学的爹有一手好厨艺,他走的是中国民间家常菜的路线,以淮扬菜打底,杂糅南北各菜系特点,以咸鲜为特色,追求菜肴本味,绝无味素鸡精等添加。他去哪里吃饭吃到好吃的菜就琢磨琢磨,然后经过改良和艺术创作,在家中的餐桌上呈现出来。在我们的家庭菜谱上,已经有不少这样的保留节目。我评价他做菜最大的好处是从不失手,绝对是五星水准。

我叫张弛同学去把他爹的手艺学会,但他不学,他认为自己天生就会做菜。不过有一天我看见他谦虚地发了一条微博,这条微博是这样写的:"厨艺全面超过我爸就只能靠西餐了。"

120

张弛同学的爹是个积极向上的人,但偶尔也免不了受到我们消极落后思想的影响。某天他和我开车经过实验二小门口,都五点半了还有不少家长在门口等着接孩子。我说:"一个小学有什么大不了的东西让小孩学到这个钟点还不放学?要是以后不能出人头地，上哪儿哭去？"

张弛同学的爹居然也说："真没必要学成那样，小学生这么晚放学，也不可能个个成才。"

我们都说小学下午3点钟就可以放学了，家里没人看可以办个收费班，在成年人的看护下让小孩们尽情玩耍。我家张弛同学小时候就是玩过来的，现在看看好像什么也没有耽误。——我们难得在学与玩的问题上达到了高度的和谐与统一。

想起张弛同学也跟我说过类似的话，他说要是中小学一天只上三四个小时的课，肯定学得就有兴趣，也容易学得好。我觉得可能真是这样。可惜的是，我上学那时候一天不是学三四个小时，而是至少是十三四个小时，所以学到后来除了学了一肚子没用的东西，就是学了没人让学还要学的一种坏习惯，现在我就被这种坏习惯深深折磨，连周末节假日不学也会觉得浪费了时间。而有的人正相反，上完学之后就什么也不学了。

张弛同学说，其实人的一生都要不断地学习，但是不少人在某一个年纪就停止了学习。人生就是要不断地进步才会显得不那么没意义。

121

张弛同学在网上看到一个小学生在公交车上拿着寒假作业本对他妈妈说：妈妈我寒假作业太多了，他妈妈拿过去直接把作业本撕了，扔出窗外。一车人都看得目瞪口呆。那个妈妈潇洒地对儿子说：老师问，你就说爸爸妈妈打架，妈妈撕了作业本。

张弛同学向我口述了这一段，我毫不迟疑地说应该取消一切寒暑假作业，他同样毫不迟疑地说就该这样。

张弛同学说："如果这是寒假第一天，那这是个喜剧。如果这是寒假最后一天，小学生刚刚写完了寒假作业，只是跟他妈妈开个玩笑或者是撒个娇，那么这就是一个悲剧啊。"

122

张弛同学回国不久就赶上北京买汽车需要摇号，他埋怨我们没有头脑，不知道在限购之前先买几辆车把号占上。

我说："那也得有钱啊。"

他一锤定音地说："主要得有脑子。"

然而埋怨归埋怨，他也只好去参加摇号。

但是他却是久摇不中，令他十分郁闷。

马年春节前夕张弛同学找出在波士顿时的旧车牌，打开瑜伽毯，趴在地上。

我说："你这是干吗呢？"

他把车牌放在背上，让我替他拍照。

我说："你这是跪求车牌对吧？"

他说："我这叫'马上'有车牌！"

结果是他一直没摇到号，后来当机立断改成只要排队保证能有号的新能源车牌，等他拿到号之后，连电动车也要摇号了。

123

我家有一辆京F的车是手动挡的，我没本事开。有一天这辆京F有一张超速罚单，我笑说："在北京开车还能开超速了，真有本事！"

我作为一个只配开京J自动挡车的人表示百思不得其解。然而，张弛同学和他爹都否认这张超速罚单与自己有关。

张弛同学的爹是个很靠谱的人，他说他没有超速我当然相信。张弛同学问我:"你什么意思?"张弛同学也是个很靠谱的人,至少他自己是这么认为的。那么,是谁开出去吃了超速罚单?

后来查了线路发现那个超速罚单是张弛同学的爹的同事开出去被拍到的。

124

晚上,张弛同学开了一瓶红葡萄酒,给自己倒上一杯。我问他:"你喝醉了打算干吗?"

他说:"代驾!"

亏他想得出来。

125

张弛同学到我工作的房间里转一圈,说:"你家的美术做得太烂了,你看看人家张叔平老师做的。"

我说:"我也希望请个张叔平老师那样的人来给我做呢。"

瞧这说话,多专业!

126

网上在谈论以房养老,我发微博说:"我就是自己住桥洞也不会把房子抵押给银行,我会把房子留给孩子。"

我把这话说给张弛同学听,顺嘴叫他有空时在北京城里各处转转,找找南北通透、交通便利、生活舒适的桥洞。

127

张弛同学终于说服他爹把我们单位福利分房分到的房子卖了,又说动我们在东边买了房子,这可不是一般的折腾。我戏言把他爹的兔子窝给端了,我对他说如果没有他烦,我们肯定一住一辈子也不会想到卖房买房。

他沾沾自喜地说:"你跟我混得世界观和价值观都崩塌了吧?"

我说可不是咋的。

128

夏天的中午天突然黑下来,随后下起了好大的冰雹,砸得张弛同学家的天窗哗哗响,我很担心会把玻璃砸碎,那样冰雹就会直接下到家里来了。

我打电话给张弛同学,他说:"从来没有住过带天窗的房子,好容易买了一个带天窗的房子,没想到下起了冰雹,看来以后要装防弹玻璃了。"

129

有一位叫李刚的博友在微博上写道:"怀旧一下,以前的MSN签名:等我以后有钱了,我的理想就是在家里请客,天天请客,而且是流水席,从晚上5点开到凌晨2点。客人都得跟文化沾点边儿,光来一人可不行,得带朋友,还得带新人。菜式每天换,周一到周七,川扬粤鲁京湘贵,厨子每月一换,实行末位淘汰。"

我看了很有共鸣,忍不住要给他点个赞。他的这个理想跟我和张弛同学的理想一模一样。

张弛同学却说:李刚十年以前开一辆奥拓车,每次加一百块钱油箱就满了。看看别的好车,一次都要加二百块钱,李刚立志一定要好好努力好好工作,也开上一次要加二百块钱油的汽车。虽然社会的上升通道那么狭窄,虽然面对了很多艰难险阻，李刚努力了十年，媳妇儿没找，孩子没生，终于迎来了好的结果——他开上了一次要加二百块钱油的车了。

奥拓还是那辆奥拓，油价涨了。

哦哦，梦想和现实的距离大概永远像我们离月球那么远吧。

130

快到年底了事情很多，让我这个自认为很有时间的人也感觉到时间紧张。有时一出去就是一天。有时一个会上一坐，一下午就过去了，然后直接就天黑了。我有一个发现，上班真是一个消磨时光的好办法。我甚至认为有一部分人，如果没有上班这件事，会觉得生活很闷，很无聊。如果没有领导叫他们做什么，他们会找不到事情做。可惜的是，脑子不能像钱一样省下来，更不能像钱一样兑换来兑换去。所以，很容易让人爱钱胜过爱脑子。

张弛同学对我的说法表示认同，他说不少人的确是习惯被动地生活，而我们总是有许多自己的事情要做。他说："真不知道做一个按部就班被动生活的人是不是要轻松许多？"

随即他又说，人生就是一种体验，这种体验在目前来看是一次性的。既然只有一次，一定要按照自己的心意好好活。

利用每一天来增益自己,或者来享受生活,千万不要被动地对待生活,也不要被动地工作。

我们一致认为既然生命只有一次,那就做一些有意义的事情。

131

张弛同学说:"做你想做的事,就得过想做的事给你带来的生活。突然就想明白了,顿悟呀!"

他说,以前在排舞台剧的时候,每天都在剧场里,剧场是没有窗户的,白天进去晚上出来,天亮天黑总是没有概念。拍电影也是没日没夜,每天不工作十二个小时都算瞎耽误了功夫。而且一拍就是三个月,还不算时间长的,几乎不能着家。吃一碗饭,就要遵守这碗饭的规则。想明白了,便好好干,乐在其中。

132

见了一些人,经了一些事,张弛同学的社会阅历丰富了。他说:"选择比努力重要。"还说,"要顺势而为,有时候要躺平,不做比做好。"

我觉得知道什么不能做和不做什么确实是段位更高了。就像说炒股,"会买的是徒弟,会卖的是师父","会满仓的是徒弟,会空仓的才是师父",对不对两说,但这些话里都包含了血淋淋的教训,是经验之谈。

133

张弛同学说:"最近越来越了解社会的真谛,增益自己,不如找好切入点。有时候一个决定,比一辈子的勤劳更重要。"

哦,真是长大了呀。不过我听上去怎么觉得有些辛酸呢。

134

电视里放《超级保姆》我会很认真地看,里面的超级保姆是一位育儿专家,她专门去那些搞不定孩子的家庭指导,帮他们解决问题。我发现那些妈妈犯的错误我差不多每一样都犯过,惯孩子,孩子要什么尽量满足,由着孩子胡来,在孩子面前没有权威,等等等等,但有一点,小孩没怎么受委屈,因此惯总有惯的道理吧。

我已经在心里原谅了自己。

135

张弛同学跟我聊天，问我想没想过对孩子负有责任。我回答他，我在生孩子那时，抱歉得很，还真是没想过。那会儿年纪轻轻，头脑简单，我真的是没想到生个孩子还要负责任。好在也没人来告诉我，如果有人告诉我，我不知道我会不会被吓住。

张弛同学于是大肆嘲笑我那时的智力（现在的智力他有点嘲笑不动了，哈哈），我觉得的确是值得他嘲笑。当时没有房子，没有钱，有的只是混混沌沌的傻气和过了今天不想明天的愚昧，如果放在今天，我实在不知道还有没有勇气想也不想就生个孩子。所以，我想真诚地对张弛同学说一句："亲爱的宝，你要感谢你妈的傻气和愚昧，没有它们就没有你。"

136

张弛同学在微博上转引倪匡的话："人类之所以有进步的

主要原因是下一代不听上一代的话。"张弛同学评论说:"太一针见血了!"

137

重阳节一大早我给我妈妈打电话,祝她节日快乐。

我对张弛同学说:"你不必拘礼,不必非在某个节日来看我,你想来就来,不想来就别来,用不着弄得那么累。我不喜欢虚礼,各人自在最好。"

138

正在家跟张弛同学的爹吃晚饭,张弛同学从外面回来。他也不急着坐下来跟我们一起吃饭,先是把我的头发扒散,然后是把我裤子口袋里的东西一样一样掏出来摆在桌子上,掏出一样还要嘲讽几句,这种玩法要是他三岁五岁我就不说什么了,可是现在早已经不是这个岁数啦,所以我只好想这是一种家庭福利吧,我一天忙到晚就得享受这样的待遇。

139

跟张弛同学回顾他不同年龄段的可爱,我感叹说:"我好像过了好几辈子似的。"

我很难相信长大的孩子竟是当初的那个小孩,这中间外星人若是调包那是一点也不知道的呀。某些时候,孩子真是一种挺烦人的存在,不知道怎么还有那么多人上赶着要生孩子。不过如果把孩子当成作品的话,我相信肯定有很大部分的人会得意自己超水平发挥。

140

我对张弛同学说:"我终于想明白了,我忙来忙去,其实就是在做售后服务啊。"

张弛同学温柔地说:"你别烦。"

我说:"像我这样惯小孩的家长不知道是不是大多数?"我又说,"虽然在设计、制作、销售上可能我没有多少特别的优势,但在售后服务上,我肯定是超一流的。"

给好评哦亲!

141

我给二十五岁的张弛同学写的生日祝词:"宝宝祝你生日快乐!虽然你不叫我妈妈,我仍然很高兴你长大了,我等着你给我买水边的大房子,而且还要摆上流水席,请亲朋好友来吃喝聊天,哈哈哈,这个理想不算过分吧?"

张弛同学说:"这还不过分啊?当家长的好处就是自己不努力可以指着自己小孩努力。"

哈哈,怎么净说大实话。

142

张弛同学说:"你二十五岁的时候有什么?"

我说:"什么也没有,但有一个娃。"

他说:"顶啥用。"

我笑说:"别价,我老人家就指娃混呢。"

143

张弛同学从小就经常受到鼓励，他做什么他妈都能为他看到辉煌的未来。在他还很年幼的时候，他一学书法，他妈就认为他要当书法家了；他一学黑管，他妈就等着去听音乐会了；他被和路雪总裁请去天安门放风筝，他妈就以为家里要出跨国企业家了；他一去篮球夏令营，他妈就以为中国很快又要往NBA输送人才了；他去报了一个电影学院暑期班，他妈就盼着去得金鸡百花奥斯卡奖了……就因为他妈总有梦想，所以张弛同学不懈努力。张弛同学说想买一处水边的房子给他妈写作，他妈就袖着手等着，打算搬进大别墅再写了。

144

我发现自己是一个非常知足的人，张弛同学用"搭将"两个字加以概括，就是能将就的意思。张弛同学上学那会儿，我非常不喜欢去开家长会，不爱听学校提各种要求，已然不错了，还要更上一层楼；或者是很不够，要如何如何使劲，简直就是拽着头发起飞，做不到也要强努，所以就干脆逃会了。

我闭着眼睛在他的考卷上签名,不管他考了多少分,我绝不施压,就搭将到底了。用现在流行的话说就是"躺平摆烂"。但好在是,张弛同学在美国的大学里毕业了,我真是长出一口气啊。我不知道他是如何走过那条路的,那条路是平坦,还是崎岖,反正他走过来了。这也使张弛同学有了批评我的资本,当然,与此同时,他终于承认我是一个"成功人士"。

我把送张弛同学去美国留学这件事比喻成是一场赌博,我也就是因为一把牌赌赢了而成了"成功人士",这"成功人士"当得可真悬。我是因为不知道这条路有多难走才让他去走的,我也不知道获胜的概率有多低才那样大松心,无知者是非常无所谓的,正因为无知,所以省略了过程,直达了目的地。作为一个小孩的家长,我现在已经不想反省了,更不想做自我批评。虽然有那么多的问题和教训,因为只生一个好,我现在就荣幸地享受成功的喜悦。我的心得是,成功是难以复制的。我的另一个心得是,如果过程好就享受过程,如果结果好就享受结果。知足常乐呗。

张弛同学说,程青觉得出国留学是玩得州扑克,我觉得出国留学是织毛衣。程青赌上了自己所有的筹码,属于全下,就看牌翻开是什么,而且很可能她手上拿的牌并不太好。我留学的时候可是一节课一节课,一个字一个字地上下来的,就跟织了一件毛衣一样，那是一针一线地织，还担心别到最后织不成一件毛衣。不过一边织一边就更加有数了，哦这是袖子，哦这是领口，最后终于完成了，织好了一件给程青量身定做的毛衣。

145

我们不鸡娃，但娃鸡我们。张弛同学经常要指点我工作，还时常给我画蓝图。他自己给自己封了"父母理财师"和"父母人生规划师"的头衔，还洋洋得意地告诉我。我说就你父母那点子钱根本用不着专人来做理财师，你父母的人生得过且过更加用不着你规划。张弛同学说规划是必需的。

他问我："没有我，你们知道要买房吗？"

每月的房贷还着也是好辛苦的好吗？

我说："我还从来没听谁把啃老说得如此清新脱俗的。"

我又说："不过，有老可啃还是不错的，我也很高兴自己还有这样的价值。"

146

　　看王朔老师的《和我们的女儿谈话》，里面的一个人物叫咪咪方，我忽有所悟，我想往后俺家的小孩可能也不叫张咪咪什么的了，说不定也就叫个咪咪张什么的了，这似乎已经是不远的事情了。

　　我还想啊，往后俺家再生出来的娃也许连中国字都不认得，若有人跟他们说他们奶奶是个作家，娃们没准瞪着明亮的大眼睛说：是吗？我估计他们听说的感觉可能就像我们听说我们的奶奶是个作家，不过她老人家是用爪哇国文字写作一样。这么一想我这儿点灯熬油写啊写啊的就很迷惘了。

　　所以想啊，有个张弛同学认得中国字，会读小说，还懂文学，我可以跟他谈人生，谈文学，谈艺术，谈人情世故，谈杂七杂八的事情，这是多大的享受啊，我发现自己真是一个幸福无比的妈妈啊！

　　张弛同学非常同意我的这种说法，他认为我所说的这种幸福真的是非常幸福。

147

搬家翻出一张张弛同学小时候的画，画上妈妈戴着耳环，坐在桌子边上，手里拿着一块小饼干。画上有字，写着"妈妈喝牛奶"。我发微博："在年幼的儿子眼里妈妈就是明星，连喝个牛奶都被记录。"

哎哟，想想画这张画时的张弛同学，成天绕着我转，让我亲让我抱，那真是一个十分可爱的年龄！对我来说那是多么美好的时光啊。

148

张弛同学一度迷上了做面包，那时他租住在家南面的一个小区，我去他那里，房间里经常充满了面包的香味。我发现面包的香味很容易给人一种错觉，就是似乎很生活，这种气味可以掩盖很多东西，比如不靠谱。我当然不能说张弛同学不靠谱，甚至连暗指都不应该，因为他头脑清楚，人也相当能干，而且想法很多，包括做面包。因此我在吃面包的时候想：如果生的是一个面包师，生活也是可以这样香喷喷的。

149

张弛同学希望过高品质的生活,比如谈论一下莎士比亚、易卜生,家里的书架上自然要有希腊、罗马的戏剧书,当然还得有《红楼梦》《金瓶梅》,本来肯定是必须有《英汉大词典》,但现在电子词典普遍得很,就不一定了。除此之外,还要有香喷喷的面包、好吃的点心、醇香的咖啡和热茶。这些也简单,可以有。等都有了,他就要批评和抨击他的妈妈了,冷嘲热讽,揶揄挖苦,哪壶不开提哪壶,而且他绝对不从学术出发,出语极其尖刻犀利。这样的时候,他的可敬的母亲也是毫不相让,与他针尖对麦芒,八两绝对不让半斤。这样的时候,对张弛同学来说,面包可能才真正冒出香味,下午茶也真正成了精致生活的标尺。

150

常听不少家长信誓旦旦地说把孩子当朋友,这就跟我们常说把动物当朋友一样,一转脸你发现他把朋友炖锅里了。我真没见过多少家长真能为孩子兜底和买单的。时时能帮孩子,替孩子着想，维护孩子，就像"为人民服务"一样绝对不是一件容易的事。有些人认为那是溺爱孩子，不应该那么做，更有相信"棍棒底下出孝子"的，以为对孩子越严才是对他们越好，实在是令人无话可说。所以只好靠你投胎时选对人了。

我的一位年轻同事听我这样说，笑说："我常想啊，如果说投胎是一门艺术，那我家张弟弟必然是艺术家级别的。"

151

有个深圳的博友发微博说："有没有这样的家长：引导着孩子一步步长大，教他避过沟坎，消解他的困惑和烦恼，让他长大后还和小时候睡得一样香甜？"

我发表评论："谦虚地说：我认为我基本做到了。"

152

我一个人在家宁可凑合，也不叫外卖，主要是觉得一顿饭吃下来制造的垃圾太多。还有天气不好，比如刮风下雨，我也不叫别人送菜跑腿，就是将心比心吧。

有一天张弛同学点了宵夜，过了大半个小时还没有送到，他已经等得有点不耐烦了,我临睡前关照他,一会儿送来跟人家客客气气的,半夜送外卖,挣的是一份生活,不容易。

以前我不会跟他说这些,大约是年纪大了变得唠叨。

153

张弛同学跟我说:"其实人和人相处价值观相同最重要,不然累。"

我说:"可不是嘛。"

他说:"要没有我,你跟谁玩啊!"

我说:"那我还是有一些很谈得来的朋友的。"我又说,"要是朋友都得靠自己生,那也够累的,谁没事在家生朋友玩啊?"

154

张弛同学喜欢摩托车,自己去老山驾校考了个本儿,买了一个小踏板,后来想换川崎,又想换别的,拉着我陪他看过好几种,我对摩托车没啥兴趣,就是一看一忘。

早几年我们就看到报纸和网上报道过一位中年男子带着他九十岁老母亲骑摩托车去西藏,张弛同学觉得这件事非常酷，他也要骑摩托车带我进藏。我说我不想坐摩托车去西藏，摩托车危险，他说不危险，我说我坐不动，他说人家老太太九十岁都坐得动，总之，我说什么他都有话应对。

后来他想了一句说服我的话："我要做大孝子，我要骑摩托车带你去西藏。"

天，平常连妈都不会叫的人要做大孝子，听上去多么像个很燃很煽情的广告啊。

155

看见一句话："嫉妒，是一个人发自内心地对另一个人最大的认可。"

我最嫉妒张弛同学的是他妈妈无条件无底线地惯他，这到底算是对张弛同学的认可还是对我自己的认可？

156

如果问我现在对张弛同学最感欣慰的是什么，我想有两条：一是他自己成长得很好，二是我们很融洽。至于前一条，基本是他口述，用他爹的话说：他说什么你都信。我也可以假设他都是骗我的，但是我仍然很高兴他不是骗我一时，我相信他会骗我一辈子。一般来说关系太近的人一骗就得是一辈子，如果不一骗到底，中途露出了马脚，大家脸上都会不好看的。张弛同学是聪明人儿，也是讲究人儿，不会让大家面上不好看的。对于"一辈子"这个预设长度我还是相当满意的。

157

我跟张弛同学说，我们这样的母子关系太不像是真的了，也许我们就是演的，就好像是我们进了一个剧组，扮演母子。只不过这个剧本不是出自凡人之手，而是上帝的原创。我们是为上帝他老人家演出，而且这是一个终生出演的机会。

张弛同学听了哈哈大笑。

让我们一起来预祝演出成功吧！

2022年8月修改

后 记

写在后面

虽然写了近二十本书，但写这一本是最愉快的。一个妈妈说起自己的孩子总是津津乐道，喋喋不休。一个人做自己感兴趣的事情总是满心愉悦，所以说这本书完全是在快乐中诞生的。

要说这本书最早动笔或许要从张弛同学两岁三个月算起。某个清新明净的早晨，我抱着他去上托儿所，在路过天桥时他望着浅蓝的天空不动声色地随口说出了他一生中的第一首诗："月亮拿着橘子，跑到天空的怀里，让它剥皮。"其时，天上有淡淡的白色的月亮，月亮边有一颗微明的星星。回到家我迅速拿起笔记了下来——那会儿我并不知道有一颗小小的种子已经落入我的心田。

这本书我写了有十来年。写写停停，不时被别的事情和别的写作计划打断。有很长时间我已然忘记了这件事，甚至也没有刻意想要写成一本书。2006年初博客刚兴的时候，我也在新浪上开了一个，时常会随手写写自己的孩子，不少朋友就是因为来看博客认识并熟悉了张弛同学。那会儿张弛同学在首师大附中上学，那是海淀区很有名气的一个中学，入学门槛很高，每次去开家长会，老师事先都会做好班级同学的排名写在黑板上或者是打在投影屏上。然而，学业和排名的压力并没有压垮我们张弛同学，每天他还是心情轻松地去上学，课余时间打篮球、听歌、上网、打游戏，日常生活丝毫未受影响，让我由衷佩服他出色的心理素质。我也曾苦口婆心反复叮咛他："上高中了，要抓紧了。"他的回答永远是沉着冷静的三个字："知道了。"但是三年过去了，他始终不急不缓地给他们班级压阵殿后。在我这种从小学到大学被家长严格要求，考试从来要奔高分的人看来，能这样稳得住阵脚实在是不可思议。可是，每次说过他顶多也就是三两天还有点效果，之后就像药性失效一样，他依然我行我素。

我们寄希望高考能有奇迹发生，因为不止一次听别人说过高考会有奇迹出现，我们梦想那样的馅饼也会砸到自己头上。可是，张弛同学在高考中发挥正常，我们没中彩票。就我当时的认知，我以为他的选择就是凑合上一个普通大学，或者复读一年再考。张弛同学却提出要出国留学，在当时这无疑是一个大胆且超前的想法。我非常欣赏张弛同学遇事有办法，他总是能为自己找到更佳的路径，甚或说捷径，至于如何达成心愿，他并不会有太多的纠结和困扰。这样的孩子，在我看来是很容易融入社会并在社会上找到自己的位置的。我认为我们的社会不光需要会读书的人，也需要会做事的人。本着对孩子一贯的纵容，他爸爸和我答应了他去美国留学的要求。所以到头来，张弛同学尽管高考失利，但他仍然得到了非常好的学习机会。

当初这样做其实是顶着巨大的压力的。离得那么远怎么管理？到了国外能否把书读好？能不能毕业？……家庭内部也有质疑的声音。最大的问题是钱，这个问题大到遮盖了张弛同学可能面临的学业和生活上的种种困难。说实话，如果要拿出一个解决方案，我只能如实说没有方案。然而，我还是认定在当时出国读书对张弛同学而言无疑是最优的选择，我对他是很有信心的。当然，我的信心有相当一部分是建立在对张弛同学的"盲目看好"上，也有一部分是建立在我对他的了解和评估上。果然，张弛同学没有让我们失望——用他自己的话说是"演得太真了"。其实，我心里是做好了赌不赢的准备的。也许正因为输得起，所以才能赢。

《成长记》有四个部分，分别记录了张弛同学从两岁三个月到十四岁，初高中到清华预科，赴美留学，毕业归来的生活片断，都是一些小事情、小细节，以及一些即兴的对话。回头看看，这些真实生活的点点滴滴，就像旧相片一般珍贵和有趣。曾经的一颦一笑，是那样明媚鲜艳，不写下来，或许早已湮没于时光之中。

多说一句，这本书不推广任何育儿经验，我很有自知之明地认为我的经验缺乏普适性，不具备广泛的借鉴作用。中国有句话：道路是曲折的，前途是光明的。另类的路线或许山高路险，荆棘丛生，走起来更加困难，更加需要耐力和恒心，但达到的境地一样是绚丽多姿，风光无限。

写这样一本书，对我而言，不光是孩子的成长记录，也不仅是家庭的纪念册，我借此思考人生的意义和生命的价值。这是我第一次写非虚构，和写虚构的小说相比，感受很不相同。在写这本书的过程中，我也逐渐在新的层面上认识了自我、孩子、我与孩子、家庭关系、生命延续、文化传承等等这些在柴米油盐的琐细生活中不会去太多想的问题。我也更加清晰地认识了"成长"这个概念。在孩子的成长中父母其实也是跟着一起成长的。还有，不总是父母在帮助孩子成长，孩子同样也在帮助父母成长。

2022年8月20日

图书在版编目 (CIP) 数据

成长记 / 程青著. — 北京：北京十月文艺出版社，2024.7
ISBN 978-7-5302-2403-8

Ⅰ. ①成… Ⅱ. ①程… Ⅲ. ①随笔—作品集—中国—当代 Ⅳ. ①I267.1

中国国家版本馆 CIP 数据核字 (2024) 第 102937 号

成长记
CHENGZHANG JI
程青　著

出　　版	北京出版集团 北京十月文艺出版社
地　　址	北京北三环中路 6 号
邮　　编	100120
网　　址	www.bph.com.cn
发　　行	新经典发行有限公司 电话 010-68423599
经　　销	新华书店
印　　刷	河北鹏润印刷有限公司
版　　次	2024 年 7 月第 1 版
印　　次	2024 年 7 月第 1 次印刷
开　　本	850 毫米 ×1168 毫米 1/32
印　　张	11.75
字　　数	202 千字
书　　号	ISBN 978-7-5302-2403-8
定　　价	45.00 元

如有印装质量问题，由本社负责调换
质量监督电话　010-58572393

版权所有，未经书面许可，不得转载、复制、翻印，违者必究。